괴테 시집

괴테 시집

괴테 시·그림

송영택 옮김

문예출판사

차 례

XII. 천국 편

편히 쉬어라! 260

젊은 날의 시

강가에서
Am Flusse

크게 사랑받았던 나의 노래들이여,
흘러가라, 망각의 한바다로!
구성지게 다시 불러줄 젊은이 하나 없고,
꽃다운 아가씨도 부르지 않으리라.

사랑하는 여인만을 노래했건만,
지금 그 사람은 나를 비웃고 있다.
나의 노래는 물 위에 쓰인 것,
물과 함께 흘러서 사라져가라.

봄의 축제
Maifest

자연이
참으로 아름답게 빛나고 있다.
태양은 번쩍거리고
들판은 웃는다.

가지마다
꽃이 터져 나오고
덤불에 넘치는
갖가지 노랫소리.

솟아나오는
기쁨과 환희.
오, 대지여, 태양이여,
행복이여, 희망이여.

봉우리에 걸린
아침 구름같이
황금빛 아름다운
사랑이여, 사랑이여.

너는 푸르디푸른 들을,
꽃으로 뿌옇게 덮인
충만한 세계를
장엄하게 축복한다.

아, 소녀여, 소녀여,
나는 너를 지극히 사랑한다.
너의 눈은 반짝이고 있고,
너는 나를 사랑하고 있다.

종다리는
노래와 하늘을,
그리고 아침 꽃은
하늘의 향기를 사랑한다.

내가 열렬한 피로
너를 사랑하듯이.
나의 새 노래에
청춘과

기쁨과 용기를
불어넣는 너를.
영원히 행복하라,
나를 향한 너의 사랑처럼.

몬테 제나로와 몬테 모라를 배경으로 아니오 강을 가로지르는 다리

매정한 아가씨
Die Spröde

화창하게 갠 봄날 아침,
노래하며 걸어오는 양치기 아가씨.
젊고 태평스런 고운 아가씨.
노래는 온 들에 퍼져나간다.
랄라! 레랄라!

키스를 한 번만 받아주면, 당장에
새끼 양 두어 마리 주겠다는 티르지스.
익살맞게 흘끗 쳐다보고는
계속 노래하며 웃기만 한다.
랄라! 레랄라!

---

* 양치기 젊은이의 이름.

다른 젊은이는 예쁜 리본을,
또 다른 하나는 심장을 바친다고.
그러나 그녀는 심장도 리본도
그리고 새끼 양도 마음에 없다.
그저 랄라! 레랄라!

기쁨
Die Freuden

우물가에서 잠자리 한 마리
명주 천 같은
고운 날개를 팔랑거리고 있다.
진하게 보이다가 연하게도 보인다.
카멜레온같이
때로는 빨갛고 파랗게, 때로는 파랗고 초록으로.
아, 가까이 다가가서
그 빛깔을 바로 볼 수 있다면.

그것이 내 곁을 슬쩍 지나가서
잔잔한 버들가지에 앉는다.
아, 잡았다!
찬찬히 살펴보니
음울한 짙은 푸른빛.

온갖 기쁨을 분석하는 그대도 같은 경우를 맞게 되리라.

슬픔의 기쁨

Wonne der Wehmut

마르지 마라, 마르지 마라,

거룩한 사랑의 눈물이여.

반쯤 마른 눈에는

아, 세상이 얼마나 황량하고 메마르게 비칠까.

마르지 마라, 마르지 마라,

영원한 사랑의 눈물이여.

아모르의 무덤
Amors Grab

아름다운 소녀여, 목 놓아 울어라,
여기 아모르의 무덤 앞에서.
어쩌다가 까닭도 없이
그는 여기서 죽었단다.
그러나 정말 죽었다고는 장담할 수 없구나.
까닭도 없이 어쩌다가
다시 깨어나는 일이 자주 있으니.

내가 너를 사랑하는지는
Ob ich dich liebe

내가 너를 사랑하는지는 나도 모른다.
단 한 번 너의 얼굴을
단 한 번 너의 눈을 보기만 해도
가슴속의 아픔이 모두 사라져버린다.
흐뭇한 이 기분 하느님은 아신다.
내가 너를 사랑하는지는 나도 모른다.

이별
Der Abschied

이별의 말은
입이 아닌 눈으로 하리라.
견디기 어려운 이 쓰라림!
언제나 굳건히 살아왔건만.

달콤한 사랑의 징표도
헤어질 때는 슬픔이 되는 것을.
너의 키스는 차가워지고,
너의 손목도 힘이 없으니.

슬쩍 훔친 키스가
그때는 얼마나 황홀했던지!
이른 봄에 꺾었던 오랑캐꽃이
우리들의 기쁨이었던 것처럼.

너를 위해 다시는
꽃도 장미도 꺾지 않으리.
프란치스카여, 지금은 봄이라지만
나는 쌀쌀한 가을 같구나.

로마의 보르게세 별장 주변 모티브

희망
Hoffnung

내 손이 다루는 나날의 작업을,
우뚝한 운명이여, 내가 완성토록 해다오!
아 나를 지치게 하지 마라.
아니, 그것은 허망한 꿈이 아니다.
지금은 막대기에 지나지 않지만, 이 나무는
언젠가 열매를 맺고, 그늘을 지울 것이다.

회색으로 흐린 아침

Ein grauer, trüber Morgen

회색으로 흐린 아침이
온 들에 퍼져 있다.
나를 둘러싼 세계는
안개 속에 깊이 잠겨 있다.
아, 사랑스런 프리드리케여,
너에게로 돌아갈 수 있다면!
너의 눈길 하나에
태양이, 행복이 깃들어 있다.

내 이름과 네 이름이
나란히 새겨진 나무 한 그루,
기쁨을 모두 날려버리는
거친 바람에 창백해진다.
초원의 어둑한 초록빛도
나의 얼굴처럼 흐려진다.

나무도 초원도 태양을 보지 않고,
나는 프리드리케를 보지 않는다.

이윽고 포도밭에 들어가
나는 포도송이를 딴다.
주위에는 생명이 넘쳐 흐르고,
새로 담근 포도주가 부글부글 익는다.
그러나 허전한 원두막에서
원하노니, 그녀도 여기 있다면!
이 포도송이를 갖다 준다면
그녀는—나에게 무엇을 줄까.

채색된 리본

Mit einem gemalten Band

봄의 상냥한 젊은 신(神)들이
가벼운 손놀림으로 장난을 하듯
작은 꽃송이와 꽃잎을
나의 얇은 리본 위에 흩뿌린다.

산들바람이여, 너의 날개에 이것을 싣고 가서
내가 사랑하는 여인의 옷에 휘감겨라!
그러면 발걸음도 가벼이
그녀는 거울 앞으로 간다.

장미에 싸인 자신을 보면
자신도 장미처럼 젊어진다.
사랑하는 이여, 한 번만이라도 볼 수 있다면!
그것으로 나는 족하다.

그리운 내 마음을 헤아려서
선선히 네 손을 내밀어다오.
우리 둘을 잇는 이 끈이
약한 장미의 끈이 아니기를!

사냥꾼의 저녁 노래
Jägers Abendlied

엽총에 탄환을 재고 조급해지는 마음을 누르며
살금살금 들을 지나간다.
그때 사랑스러운 너의 모습이,
귀여운 너의 모습이 선하게 눈에 떠오른다.

너는 지금 얌전히
들과 골짜기를 지나고 있다.
아, 이내 사라져버리겠지만 나의 모습이
너에게는 나타나지 않는단 말인가.

너에게서 버림받고 나서
불평과 불만에 가득 싸인 채
동으로 서로 온 세상을 떠돌아다니는
나의 모습이.

너를 생각만 하면
달을 바라보는 듯하여
고요한 평화에 감싸인다.
왠지 모르지만.

크리스텔 생각
Auf Christiansen R.

괜히 울적해져서
마음이 무거워지는 일이 더러 있지만
나의 크리스텔 옆에 있으면
만사가 다시 좋아진다.
어디를 가나 그녀의 모습뿐이다.
언제 어디서 어떻게 해서
왜 그녀가 마음에 들었는지
도시 알 수가 없다.

개구쟁이 같은 검은 눈동자,
그 위의 흑갈색 눈썹.
한 번이라도 그것을 보게 되면
내 마음이 풀린다.
이렇게 탐스러운 입과
귀엽게 둥근 볼을 누가 또 가졌을까!

아, 게다가 가슴 위의 동그란 그것,
보고 또 보아도 싫증나지 않는다.

그리고 경쾌한 독일 춤을 추면서
그녀를 안게 되면
빙글빙글 시원시원
기분이 최고다.
그녀가 달아올라 비틀거리면
가슴과 두 팔로 그녀를 안고
흔들어준다.
나는 임금님이 된 듯하다.

그리고 그녀가 사랑의 눈으로
나를 바라보며 정신이 나가면
그때는 내 가슴에 끌어당겨서

마음껏 키스를 해주어야지.
등줄기서 발끝까지
짜릿해진다.
나는 아주 약하고, 아주 강하다.
나는 너무 기쁘고, 너무 슬프다.

그래서 그리움이 점점 더해가고,
시간이 가는 줄도 모른다.
밤에도 그녀 옆에 있을 수 있다면
무서움을 잊을 수 있을 것인데.
언젠가 그녀를 끌어안고
설레는 이 마음을 달래고 싶다.
그래도 괴로움이 가시지 않으면
그녀의 가슴에서 죽어야겠지.

보르게세 별장의 가로수

들장미
Heidenröslein

소년은, 작은 장미꽃 한 송이를 보았다.
들에 핀 장미꽃.
풋풋하고 눈부시게 아름다웠다.
가까이서 보려고 달려가서
소년은 기쁘게 바라보았다.
작은 장미꽃, 귀여운 장미꽃, 빨간 장미꽃.
들에 핀 장미꽃.

소년이 말했다. "너를 꺾을 거야,
들에 핀 장미꽃!"
장미꽃은 답했다. "영원히
나를 잊지 않도록 네 손을 찔러야지,
나는 쉽게 꺾이지 않는단다."
작은 장미꽃, 귀여운 장미꽃, 빨간 장미꽃,
들에 핀 장미꽃.

그러나 거친 소년은 꺾고 말았다.

들에 핀 장미꽃을.

장미꽃은 찌르며 막으려고 했지만

아파해도 슬퍼해도 소용이 없었다.

어쩔 수 없이 꺾이고 말았다.

작은 장미꽃, 귀여운 장미꽃, 빨간 장미꽃,

들에 핀 장미꽃.

오랑캐꽃

Ein Veilchen auf der Wiese stand

풀숲 그늘에 고개를 숙인 채
오랑캐꽃 한 송이 피어 있었다.
사랑스런 오랑캐꽃.
그때 노래를 부르며
젊은 양치기 아가씨 하나
발걸음도 가벼이 성큼성큼
저쪽에서 오고 있었다.

오랑캐꽃은 애타게 생각하고 있다.
"아, 잠시만이라도 이 들에서
내가 제일 예쁜 꽃이 될 수 있다면,
귀여운 사람이 나를 꺾어서
가슴에 지그시 눌러준다면!
아, 아,
잠시만이라도!"

아, 그러나 아가씨는 왔지만,

꽃이 거기 있는 줄은 몰랐다.

불쌍한 꽃은 짓밟혀서 죽고 말았다.

그러나 오랑캐꽃은 기뻐하고 있었다.

"이렇게 죽지만, 그래도 나는

그 사람의 발밑에서

죽는 거야."

물레질하며
Gretchen am Spinnrad

나의 안정은 사라지고,
나의 마음은 무겁다.
간절히 찾고 싶지만
안정은 끝내 돌아오지 않는다.

그이가 없으면
어디든 무덤이다.
이 세상 모두가
쓰디쓰다.

불쌍한 나의 머리
미칠 것 같고,
불쌍한 내 정신
갈가리 찢어진다.

나의 안정은 사라지고,
나의 마음은 무겁다.
간절히 찾고 싶지만
안정은 끝내 돌아오지 않는다.

그이를 보기 위해
창문을 바라보고,
그이를 만나기 위해
집을 나선다.

품위 있는 걸음걸이.
고귀한 모습,
입가에 떠도는 따뜻한 미소,
눈빛의 힘,

꿈결같이 흐르는
그이의 말씀,
지그시 잡아주는 그이의 두 손,
그리고 아, 부드러운 입맞춤!

나의 안정은 사라지고,
나의 마음은 무겁다.
간절히 찾고 싶지만
안정은 끝내 돌아오지 않는다.

그이 그리워
내 가슴 울렁이고,
아, 그이를
안을 수 있다면

다할 때까지
키스를 하리라.
그이의 키스에
숨이 넘어가더라도!

황소 등에 짐을 싣고 몰고 가는 산골길 풍경

내 곁을 떠나지 마라
Bleibe bleibe bei mir

내 곁을 떠나지 마라,
사랑스러운 타국의 소녀여, 귀여운 소녀여,
사랑스러운 귀여운 사랑이여.
그리고 심정을 소중히 여겨라.
너무나 다르게, 참으로 아름답게
하늘과 땅이 숨을 쉬고 있고,
그것을 나는 처음으로,
온몸으로 깊이 느끼고 있다.

호수 위에서
Auf dem See

이리하여 신선한 음식물과 새로운 피를
나는 트인 세계로부터 빨아들인다.
나를 품에 안고 있는 자연은
참으로 상냥하고 쾌적하다.
물결은 노 젓는 박자에 따라
우리들의 거룻배를 아래위로 흔들고,
구름을 뚫고 하늘로 치솟은 산들은
나아가는 우리들을 맞는다.

눈이여, 나의 눈이여, 왜 그렇게 내리까는가.
황금의 꿈이여, 다시 돌아왔는가.
사라져라, 꿈이여, 설령 네가 황금일지라도.
이곳에도 사랑과 목숨은 있는 것이다.

헤아릴 수 없이 떠다니는 별이

물결 사이에서 반짝거리고,
사방에 우뚝 솟은 먼 풍경을
폭신한 안개가 들이마신다.
그리고 아침 바람은
그늘진 후미를 세차게 불고,
익어가는 과수의 열매가
호수에 비친 자신의 모습을 들여다보고 있다.

새로운 사랑, 새로운 삶

Neue Liebe, neues Leben

마음이여, 나의 마음이여, 어찌된 일인가.

무엇이 너를 그렇게 심하게 괴롭히는가.

이렇게도 생소한 새로운 삶 —

이전의 네 모습은 알 길이 없다.

네가 사랑하던 것, 너를 슬프게 하던 것,

너의 근면, 너의 안식,

모든 것이 사라져버렸다.

아, 어찌하여 이렇게 되었는가.

꽃다운 그 모습이,

사랑스런 그 모습이,

다정한 눈짓이

너를 얽어친단 말인가.

나는 그녀로부터 벗어나고 싶다.

마음을 굳히고 달아나려 한다.

그러나 그 순간 나의 걸음은
그녀 쪽으로 돌아서고 만다.

끊어지지 않는
이 마법의 실로
사랑스러운 분방한 소녀는
나를 꼼짝 못 하게 묶는다.
그 마법의 영역에서
이제 나는 그녀의 분부대로 살아가야만 한다.
아, 엄청난 이 변화.
사랑이여, 사랑이여, 나를 풀어다오.

벨린데에게
An Belinden

당신은 왜 나를 거역할 수 없게
저 화려한 세계로 끌어들입니까.
전에는 적막하고 쓸쓸한 밤에도
나는 그렇게 행복하지 않았습니까.

은밀히 나의 방에 틀어박혀
달빛 속에 누워서
온몸에 그 빛을 휘감고
어리마리 졸기도 했습니다.

그때, 순수한 기쁨을 주는
황금처럼 충족된 미래를 꿈꾸었고,
당신의 모습을 이미
가슴속 깊이 예감하고 있었던 것입니다.

휘황한 불빛에 싸인 카드놀이 테이블에
당신은 나를 붙잡아 두었습니다.
참을 수 없는 사람들과 함께하는 때도 자주 있었습니다.
그것이 나의 참모습이었을까요.

봄날의 꽃보다 더 매력적인 사람이여,
이제는 들이 아닌,
당신이 있는 곳에 사랑과 관용이 있고,
당신이 있는 곳에 자연이 있습니다.

산 위에서
Vom Berge

릴리여, 내가 당신을 사랑하지 않는다면
이 경치를 얼마나 기쁘게 바라보겠습니까.
하지만 릴리여, 당신을 사랑하지 않는다면
내가 행복하게 생각하는 경치가 어디 있겠습니까.

나폴리 인근의 만과 성채

귀여운 릴리
Holde Lili, warst so lang

나의 노래, 나의 기쁨,
귀여운 릴리.
이제는 가슴에는 아픔이지만
그래도 릴리는 여전히 내 노래.

릴리에게

An Lili

정다운 골짜기에서, 눈 덮인 언덕에서

너의 모습은 늘 내 가까이에 있었다.

밝은 구름 속에 네 모습이 내 주변을 떠도는 것이 보

였다.

그것은 내 마음에 깃들어 있던 것이다.

거역할 수 없는 힘으로

마음이 마음을 끌어당기는 것을,

그리고 사랑이 사랑으로부터 헛되이 도망치는 것을

나는 여기서 느끼고 있다.

목에 걸고 있던 하트 모양의 금메달에게
An ein goldnes Herz, das er am Halse trug

사라져버린 기쁨의 추억이여,
지금도 나는 너를 목에 걸고 있다.
너는 마음의 유대보다 더 길게 우리 둘을 잇고 있는가.
사랑의 짧았던 나날을 길게 늘려주는가.

릴리여, 나는 너에게서 도망친다.
그러나 아무래도 너의 끈에 묶여서 낯선 나라와
먼 골짜기나 숲을 헤매지 않으면 안 된다.
아, 릴리의 마음은 그렇게 빨리
나의 마음에서 멀어질 수 없었다.

묶여 있던 실을 끊고
새가 숲으로 돌아갈 때,
붙잡혔던 치욕의 표시로
한 가닥의 실오리를 여전히 달고 있다.

그 새는 이제 옛날의, 자유로운 새가 아니다.
이미 누군가의 소유물이었던 적이 있는 것이다.

근심
Sorge

몇 번이고, 몇 번이고 자꾸
내 곁으로 돌아오지 마라!
아 내 마음대로 하게 해다오.
아 나에게 행복을 다오!
도망쳐야 할까. 붙잡아야 할까.
이제는 더 망설이지 말아야겠다.
나를 행복하게 해줄 생각이 없다면,
근심이여, 하다못해 나를 영리하게 만들어다오!

용기
Mut (Eis-Lebens-Lied)

걱정하지 말고 얼음 위를 나아가라.

가장 용감한 자가

미처 길을 내지 못한 곳을 보게 되면

네 자신이 길을 만들어라!

귀여운 사람이여, 내 사랑이여, 조용히!

우지직 소리가 나도 갈라지는 것은 아니다!

갈라지더라도 너와 나의 사이는 갈라지지 않는다!

초기 바이마르 시절의 시

밤의 생각

Nachtgedanken

가엾어라, 불행한 별들이여.

아름답고, 반짝반짝 반짝이며

갈 바 모르는 뱃사람의 길잡이가 되어주건만

신에게서도, 인간에게서도 보답이 없다.

너희는 사랑을 하지 않는다, 사랑이 어떤 것인지 알지를
못했으니!

영원한 시간이 너희들의 무리를, 멈추지 않고

넓디넓은 하늘로 이끌고 간다.

사랑하는 사람의 품에 안겨서

내가 너희를, 그리고 밤이 깊어가는 것을 잊고 있는 동안에

너희는 참으로 긴 여행을 끝냈구나!

나그네의 밤 노래

Wandrers Nachtlied

그대, 하늘에서 내려와

온갖 슬픔과 고뇌를 달래는 자여.

깊이 괴로워하는 마음을

깊은 위안으로 가득 채우는 자여.

아, 나는 세상살이에 지쳤다.

고통이나 쾌락이라는 것이 과연 무엇일까.

달콤한 안식이여

어서 오라, 나의 가슴에.

나그네의 밤 노래[*]

Wandrers Nachtlied

봉우리마다

모두 쉬고 있다.

우듬지에는

바람 한 점

없고,

숲에는 새소리도 들리지 않는다.

기다려라,

너도 곧 쉬게 되리라.

---

[*] 앞의 시와 제목이 같다. 괴테가 마지막 생일날, 키켈한이라는 산장 벽에 젊은
시절 적어둔 이 시를 다시 찾아가 읽으며 눈물지었다는 일화로 유명하다.

명심
Beherzigung

아, 사람은 무엇을 바라야 하는가.
가만히 있는 것이 나을까.
자신을 굳게 지키는 것이 좋을까.
아니면 활동하는 것이 좋을까.

작으나마 자기 집을 지어야 할까.
혹은 천막에서 살아야 할까.
바위에 의지해야 할까.
육중한 바위도 흔들리는 법.

한 가지 것이 만인에게 맞는 것은 아니다.
모두들 자신이 하는 일에 조심하라.
모두들 자신이 있는 곳에 조심하라.
서 있는 자는 넘어지지 않도록 조심하라.

이탈리아 산골 풍경

쉴 사이 없는 사랑
Rastlose Liebe

눈과 비를 견디며
바람을 거스르고,
험한 골짜기의 물보라를,
자욱한 안개를 헤치며
앞으로, 앞으로
쉴 사이 없이.

세상 사는 갖은 기쁨을
누리느니
차라리 슬픔과 맞서
싸워서 이기리라.
서로 다가가서 맺은
마음과 마음이
어찌하여 이리도 큰
아픔을 낳는가.

달아나야 하는가.
숲 속으로,
모두가 다 부질없는 일이다.
사랑이여, 너는
삶의 왕관이다.
쉴 사이 없는 행복이다.

법정에서
Vor Gericht

배 속의 아이가 누구의 자식인지
말하지 않겠습니다.
창녀라고 욕하며 침을 뱉으시겠죠.
하지만 저는 떳떳한 계집입니다.

누구와 정을 나누었는지는 밝히지 않겠습니다.
그이는 자랑스럽고 훌륭한 분입니다.
목걸이를 걸치고 있든, 밀짚모자를 쓰고 있든
그것이 무슨 상관이 있겠습니까.

비웃음을 사야 한다면
저 혼자 감당하겠습니다.
저희는 진정으로 서로 사랑하고 있습니다.
하느님도 잘 알고 계십니다.

목사님, 그리고 관리 나리,

이제 그만 따지십시오.

이 아이는 제 자식이고, 언제까지나 제 자식입니다.

이것은 여러분도 어쩔 수가 없습니다.

달빛 어린 만

달에게
An den Mond

몽롱한 빛으로 너는
수풀과 골짜기를 다시 채우고,
내 마음 또한 마침내
온전히 풀어놓는다.

드넓은 나의 들판을
너는 어루만지듯이 골고루 살펴주고,
다정한 친구의 온화한 눈길처럼
내가 가는 길을 밝혀준다.

즐거웠던 일, 서러웠던 일이 모두
내 가슴에 다시 떠오르면,
기쁨과 슬픔 사이를 걷잡을 수 없이
외롭게 홀로 헤맨다.

흘러라, 흘러라, 강물이여,
나의 기쁨은 돌아오지 않으리.
사랑의 장난도, 키스도, 맹세도,
덧없이 사라져 가버렸다.

귀한 그것이 나에게도
한때는 있었지!
그것을 잊지 못해, 이렇게
가슴이 아픈 것을!

울려라, 물소리여, 골짜기를 따라가며
쉬지 않고 끊임없이.
살랑살랑 흐르며 좋은 가락을
나의 노래에게 속삭여다오.

겨울밤에는
사납게 넘치는 물소리를.
무르익은 봄에는
새싹 적시는 소리를.

미워하는 마음 없이
세상에서 떨어져
한 사람의 친구를 가슴에 품고
그와 함께

주저치 않고 후련하게
남이 모르는 것을 얘기하며
가슴속의 미로를
밤새 거니는 자는 행복하리라.

인간의 감정
Menschengefühl

신神들이여,
드넓은 하늘 위의 위대한 신들이여,
땅 위의 저희들에게
굳건한 의지와 불굴의 용기를 주십시오.
그러면 드넓은 하늘 위의 일은
당신들의 뜻에 맡기겠습니다.

훈계
Erinnerung

어디까지 헤맬 생각인가.
보라, 좋은 것은 바로 가까이에 있다.
행복을 붙잡는 법만 배워라.
행복이 언제나 눈앞에 있으니까.

바닷가의 망루

물 위의 영혼의 노래
Gesang der Geister über den Wassern

사람의 마음은
물과 같다.
하늘에서 내려와
하늘로 올라가고,
다시 내려와서는
땅으로 돌아간다.
이렇게 늘 무상하다.

가파른 암벽에서
높이 떨어지는
새하얀 물줄기.
매끄러운 암면에 물보라 치며
구름의 물결 되어
예쁘게 감돌다가
덤덤히 맞이하자

베일에 싸인 채
나직이 흥얼대며
골짜기로 내려간다.

우뚝 솟은 절벽이
물을 막으면
언짢아서 거품을 내며
바위에서 바위로 옮겨가며
바닥으로 떨어진다.

푸른 골짜기로 나오면
발걸음을 줄이고,
잔잔한 호수에 들어서면
벌들이 모두
활짝 웃음을 피운다.

바람은 파도의 애인.
바람은 밑바닥에서
거품이 나게
파도를 크게 흔든다.

사람의 마음은
물과 같구나!
사람의 운명은
바람 같구나!

간청
Anliegen

아름다운 소녀여,
검은 머리 소녀여,
창가로 가서
발코니에 서 있구나.
기다리는 사람이 없는가.
혹시 나를 기다리다가
빗장을 풀어준다면
얼마나 행복할까.
번개같이 뛰어 올라가리라.

쌀쌀맞은 아가씨에게
An seine Spröde

그 오렌지가 보이는가.
그것은 아직 나무에 달려 있다.
벌써 삼월이 다 가고
새 꽃이 피었구나.
나무로 다가가서 나는 말한다.
오렌지여,
잘 익은 오렌지여,
달콤한 오렌지여,
내가 이렇게 흔드는 것을 너는 알겠지.
제발 내 무릎에 떨어져다오.

잃어버린 첫사랑
Erster Verlust

아, 누가 되찾아주랴, 그 아름다운 나날을,
첫사랑의 나날을.
아, 누가 되찾아주랴, 그 좋았던 시절의
단 한 시각을.

쓸쓸히 나는 상처를 다스리고,
끊임없이 되살아나는 아픔에
잃어버린 행복을 슬퍼한다.

아, 누가 되찾아주랴, 그 아름다운 나날을,
그 좋았던 시절을.

알바노 산골의 농가

외롭게 사는 사람은

Wer sich der Einsamkeit ergibt

외롭게 사는 사람은
곧 외톨이가 된다.
사람들은 생활하고, 사랑을 하지만
괴로워하는 사람을 살피지는 않는다.
그렇다면 나는 고통스럽게 살리라.
언젠가 내가
진정 외롭게 살 수 있다면
그때 나는 외톨이가 아니다.

사랑하는 여인이 혼자 있는지
소리 없이 다가가서 살펴보듯이
낮이나 밤이나 외로운 나에게
슬픔이 다가오고
고통이 다가온다.
언젠가 내가

무덤 속에 외롭게 누울 때

그때 나는 진정 외톨이가 되리라.

슈타인 부인에게 보내는 편지에서

Ach, wie bist du mir

맑디맑은 고요한 자연 속에 묻혀 있지만,
내 마음은 묵은 아픔으로 가득합니다.
언제나 그 사람을 위하여 살고 있지만,
그 사람을 위하여 살아서는 안 되는 것입니다.

*

여기 바위틈에 핀 이 꽃을
일편단심으로 당신에게 바칩니다.
언젠가는 시들게 될 꽃이지만
영원한 사랑의 표시로.

*

아, 운명의 힘에 밀려

나는 불가능을 추구하고 있습니다.
사랑하는 천사를 위하여 사는 것은 아니지만,
첩첩 산속에서 당신을 위해 살고 있습니다.

*

아, 당신이 사무치게 그립습니다.
당신도 나를 생각하고 있겠지요!
그렇습니다, 이 진실을
나는 조금도 의심하지 않습니다.
아, 당신이 가까이에 있으면
사랑해선 안 된다는 생각이 들고,
멀리 떨어져 있으면
깊이깊이 사랑하고 있다고 생각하게 됩니다.

슈타인 부인에게 보내는 편지에서*

Aus den Briefen an Frau Stein

우리는 어디서 태어났습니까.

사랑에서.

우리는 왜 사그라집니까.

사랑이 없어서.

우리는 무엇으로 자신을 극복합니까.

사랑으로.

우리도 사랑을 찾아낼 수 있습니까.

사랑을 통하여.

오래 울지 않게 하는 것은 무엇입니까.

사랑입니다.

무엇이 우리를 하나로 묶어줍니까.

사랑이.

---

* 동명의 여러 시 중에서 앞의 시와 함께 두 편을 선별하였다.

코프타의 노래
Kophtisches Lied

자! 나의 지시에 따라
너의 젊은 나날을 유익하게 보내라.
늦기 전에 좀 더 똑똑해져라.
운명의 커다란 저울은
평형을 이루는 일이 거의 없다.
너는 올라가든가 내려갈 수밖에 없다.
너는 지배해서 얻어내든가
아니면 복종하면서 빼앗기든가,
참고 견디든가 개가를 올리든가,
모루가 아니면 망치가 되는 것이다.

눈물과 함께 빵을

Wer nie sein Brot mit Tränen aß

눈물과 함께 빵을 먹어보지 못한 사람은,
수많은 괴로운 밤을 잠자리에서
울면서 새운 적이 없는 사람은
너희들은, 하늘의 힘을 모른다.

너희들은 우리를 이 세상에 보내고,
불쌍한 자로 하여금 죄를 짓게 한다.
그러고는 심한 가책을 느끼게 한다.
죄를 지으면 벌을 받는 세상이니까.

그리움을 아는 사람만이

Nur wer die Sehnsucht kennt

그리움을 아는 사람만이
나의 슬픔을 알아줍니다.
나는 모든 기쁨을 등지고
홀로
저 멀리
푸른 하늘을 바라봅니다.
아, 나를 사랑하고 알아주는 사람은
먼 곳에 있습니다.
어지럽고
속이 탑니다.
그리움을 아는 사람만이
나의 슬픔을 알아줍니다.

네 가지 형태의 두상

신성 神性
Das Göttliche

인간은 기품이 있어야 한다.
자비심이 많고 착해야 한다.
이것만이
우리가 알고 있는
모든 것과
인간을 구별한다.

알지는 못하지만 어렴풋이 느껴지는
더 높은 곳에 있는 것에
복이 있어라!
그리고 인간은 그것을 닮아라!
인간의 올바른 거동이
그것을 믿을 수 있게 해야 한다.

자연은
분별력이 없다.

태양은
악惡도 비추고 선善도 비추며,
달과 별은
죄지은 사람과 착한 사람을 가리지 않고
똑같이 비춘다.

바람과 강물,
천둥과 우박은
소리 내어 지나가며
너나없이
누구나 모두 붙잡고는
급히 지나간다.

행운의 여신도 마찬가지로
사람의 무리 속에 손을 넣어서,

소년의 티 없는
고운 고수머리를 붙잡는 한편
죄 많은
대머리를 붙잡기도 한다.

영겁 불변의
대법칙에 따라
우리는 모두
우리 생존의 동그라미를
마무르지 않으면 안 된다.

오직 인간만이
불가능한 것을 해낼 수 있다.
인간은 구별하고,
선택하고 그리고 심판한다.

인간은 순간을
영속적인 것으로 바꿀 수 있다.

인간만이
착한 자에게 보답하고,
악한 자에게 벌주며,
치유하고 구제한다.
빈둥거리며 방황하는 자를
모두 결속시켜서 쓸모 있게 활용한다.

우리는
불멸의 것들을 숭배한다.
그들도 인간이어서.
빼어난 인간이 작은 몸짓으로,
혹은 하고자 하는 것을

큰 몸짓으로 행하는 것처럼.

기품이 있는 인간이여,
자비심이 많고 착해야 한다!
끊임없이
유익한 것, 올바른 것을 만들어내라.
그리고 그 어렴풋이 느껴지던
더 높은 곳에 있는 것의 본보기가 되어라!

그대는 아는가

Kennst du das Land

그대는 아는가, 레몬이 꽃피는 나라를.
무성한 잎 그늘에 황금빛 오렌지가 반짝이고,
푸른 하늘에서 산들바람이 분다.
미르테는 고요하고, 월계수는 높이 솟아 있다.
그대는 아는가 그곳을.
그곳으로, 그곳으로
아, 사랑하는 사람아, 함께 갔으면.

그대는 아는가 그 집을. 두리기둥이 지붕을 떠받치고,
홀은 훤하게 광채가 나고, 거실은 희미하게 빛난다.
그리고 대리석상은 나를 보고 말한다.
가엾은 아가야, 무슨 일 있었니, 라고.
그대는 아는가 그곳을.
그곳으로, 그곳으로
아, 나를 지켜주는 사람아, 함께 갔으면.

그대는 아는가, 그 산과 구름다리를.

노새는 안개 속에서 길을 찾고,
동굴에는 나이 든 지혜로운 용이 살고 있고,
무너진 바위 위에 굵은 물줄기가 떨어진다.
그대는 아는가 그곳을.
그곳으로, 그곳으로
우리의 길이 뻗어 있다, 아 아버지, 나아갑시다.

이탈리아 여행 이후의 시

나는 이 곤돌라를
Diese Gondel vergleich'ich

나는 이 곤돌라를
느릿하게 흔들리는 요람에 비유한다.
그리고 그 위의 작은 궤는
널찍한 관으로 보인다.
실제로 우리는
요람과 관 사이에서
삶이라는 긴 수로水路를
느긋하게 흔들리며 떠돌고 있는 것이다!

사람의 일생

Eines Menschen Leben

사람의 일생이 무슨 대단한 것이라고
수많은 사람들이,
아무개가 무엇을 했느니
어떻게 했느니
왈가왈부한다.
시詩는 더 보잘것없는 것인데도
수많은 사람들이 음미하고,
비난한다.
친구여, 그저 마음 비우고 살면서
계속 시를 쓰게나!

소위 자유의 사도라는 것이
Alle Freiheitsapostel

소위 자유의 사도라는 것이

나는 도시 마음에 들지 않는다.

그들은 결국

자신의 사냥을 찾고 있을 뿐이다.

많은 사람을 해방시킬 생각이면

많은 사람에게 스스로 봉사하라.

그것이 얼마나 어려운 일인지를 알고 싶다면

우선 그것을 시도해보라!

로마의 비가 悲歌 V
Römische Elegien V

    지금 나는 이 고전적인 땅에서 감격에 젖어 마음이 들떠
있다.

    지난 시대와 동시대가 조금씩 소리를 높이고, 매력을 더
하면서 나에게 말을 건넨다.

    여기서 나는 권고에 따라 부지런히 손을 놀려서 옛 사람
의 작품을 뒤적이며

    날마다 새로운 즐거움을 느낀다.

    그러나 밤이 되면 아모르가 나에게 으레 다른 일을 시킨다.

    나에게 가르쳐주는 것은 반밖에 안 되지만 내가 느끼는
행복감은 두 배나 된다.

    그리고 예쁘게 생긴 젖가슴의 모양새를 더듬다가 내 손
이 허리 밑으로 내려가면서

    나는 깨우치는 것이 아닐까.

    이리하여 나는 처음으로 대리석상 大理石像을 이해한다.
나는 생각하고, 그리고 비교한다.

    감촉하는 눈으로 보고, 보는 손으로 감촉한다.

가장 사랑하는 여인은 나에게서 낮의 몇 시간을 앗아가지만

그 대신 밤의 많은 시간을 나에게 바친다.

노상 키스만 하고 있는 것은 아니다. 진지한 이야기도 주고받는다.

그녀가 잠에 떨어지면 나도 누워서 이런저런 생각에 잠긴다.

나는 그녀의 품에 안겨서도 여러 번 시를 쓴 적이 있고,

그녀의 등 뒤에서 손가락으로 육각운六脚韻의 운율을 가만히 헤아리기도 했다.

그녀는 사랑스럽게 잠자면서 숨을 쉬고,

그 숨이 뜨겁게 내 가슴의 가장 깊은 데까지 타들어간다.

그사이에 아모르는 램프의 심지를 돋우고,

세 사람의 대시인大詩人에게 똑같은 일을 해주었던 때를 생각하고 있다.

로마의 비가 VIII

Römische Elegien VIII

사랑하는 이여, 너는 어렸을 때 사람들의 사랑을 받지 못
했고,

네가 자라서 훌쩍 성장했을 때까지는

어머니도 너를 좋아하지 않았다고 내게 말한다 —

나는 그것을 믿는다. 나는 너를 특별한 아이라고 생각하
고 싶다.

포도나무의 꽃은 모양도 색깔도 시원치는 않지만

열매가 익으면, 사람들과 신들을 황홀하게 만든다.

로마의 비가 IX
Römische Elegien IX

철이 되어 가까이하게 된 소박한 화로의 불꽃이 가을답
게 반짝이고,

섶나무는 벌써 바작바작 소리를 내며 타들어가고 있다.

이 저녁에 나는 불꽃이 더욱 기쁘다, 섶나무 다발이 다
타서 숯이 되어

재 속에 묻히기 전에 나의 사랑스러운 그녀가 오기 때문에.

그러면 섶나무와 장작이 불꽃을 일으키고,

따뜻해진 밤은 우리 둘의 화려한 향연이 된다.

아침 일찍 사랑의 잠자리를 부지런히 빠져나간 그녀는

재를 휘저어서 날쌔게 다시 불을 피운다.

아모르는 아양 떠는 여인에게 무엇보다도 먼저,

재가 되어 없어지지 않을 기쁨을 자아내게 하는 재능을
주었던 것이다.

로마의 비가 X
Römische Elegien X

알렉산더나 시저, 그리고 하인리히 대왕이나 프리드리히 대왕,

내가 만약 그들에게 하룻밤만이라도 이 잠자리를 쓰게 할 수 있었다면,

그들은 기꺼이 그들이 얻은 명성과 명예의 절반을 나에게 주었을 것이다.

그러나 오르쿠스*의 힘이 그 불쌍한 것들을 꽉 잡고 놓지 않는다.

살아 있는 자여, 너의 도망치는 발이 끔찍한 레테강**의 물에 젖기 전에

사랑으로 따뜻해지는 장소를 한껏 즐겨라.

---

* 저승의 왕.

** 저승으로 통하는 망각의 강. 이 물을 마시면 이승의 일을 모두 잊는다고 한다.

로마의 아래쪽을 흐르는 테베레 강

로마의 비가 XVII
Römische Elegien XVII

갓가지 소음이 나를 불쾌하게 한다. 그중에서도 가장 싫은 것은 개가 짖는 소리다.

컹컹 짖어대는 소리가 내 귀를 갈기갈기 찢어놓는 것이다.

그러나 어느 한 마리가 짖는 것은 즐겁고 편안하게 자주 듣는다.

이웃집 개가 시끄럽게 짖어댈 때이다.

이 개가 짖어댄 것은, 언젠가 나의 그녀가 은밀히 우리 집에 숨어들다가

하마터면 우리 둘의 비밀이 탄로 날 뻔했던 때이다.

지금은 이 개가 짖는 것을 듣게 되면, 나는 언제나 '그녀가 온다'고 생각한다.

아니면, 기다리던 사람이 찾아왔던 그때를.

그 시초부터

지붕의 황금빛 당마루에 이르기까지 깊이.

그리고 나는 본다.

나의 모든 감각이 마지막 장식물을

만들고 쌓고 하는 것을.

로마의 비가 XVIII

Römische Elegien XVIII

어떤 하나가 무엇보다도 불쾌한데,

다른 하나는 역겨워서, 그것을 생각만 해도 온 신경이 곤두선다.

친구들이여, 나는 너희에게 고백하겠다.

밤의 잠자리가 허전해서 참으로 지겹다.

그러나 사랑의 행로에서 뱀을 두려워하고,

쾌락의 장미 밭에서 독을 두려워하는 것은 더없이 혐오스럽다.

그것은 스스로 몸을 맡기는 기쁨의 가장 황홀한 순간에

네가 숙이는 머리 쪽으로 소곤거리며 근심이 다가오는 때이다.

그래서 파우스티네*는 나를 행복하게 해준다. 그녀는 기꺼이 나와 잠자리를 같이하고,

---

* 이탈리아에서 흔히 볼 수 있는 여자 이름.

신의 있는 남자에게는 엄격하게 신의를 지킨다.

성급한 청년은 매력 있는 방해를 원하지만,

나는 확실한 행운을 오래 즐기는 것을 좋아한다.

그것은 엄청난 축복이 아니겠는가. 우리는 확실한 키스
를 주고받으며,

호흡과 생명을 세게 빨아들이고 또 부어넣는다.

긴 밤들을 이렇게 즐기며, 가슴과 가슴을 맞대고,

우리는 폭풍과 비와 소나기 소리에 귀를 기울인다.

아침이 밝아온다. 아침 시간은 싱싱한 꽃들을 피게 하여
우리들의 화려한 하루를 장식한다.

로마의 시민들이여, 나에게 그 행복을 허락하시라.

그리고 신이 모든 사람에게 이 세상 모든 재물의 최초의
것과 최후의 것을 베풀어주시기를!

바다의 고요
Meeresstille

물속에 깊은 고요가 깃들고
바다는 잠잠하다.
사공은 근심스럽게
잔잔한 수면을 둘러본다.
어느 곳에서도 바람 한 점 불지 않고,
죽음 같은 고요가 무섭게 밀려온다.
끝없이 넓은 바다에
물결 하나 일지 않는다.

운이 좋은 항해
Glückliche Fahrt

안개가 걷히고,
하늘은 밝고,
바람의 신神이
근심의 끈을 푼다.
바람이 산들거리고
사공이 움직인다.
빨리, 빨리.
물결이 갈라지고.
먼 곳이 다가온다.
벌써 육지가 보이는구나.

이 새하얀 옷을

So laßt mich scheinen

이 새하얀 옷을 벗게 하지 마십시오.
제 스스로 그렇게 하게 될 때까지는.
저는 곧 아름다운 이 세상을 떠나
서둘러 안정된 집으로 내려갑니다.

그곳에서 잠시 쉬면
상쾌하게 눈을 뜨게 됩니다.
그때 저는 이 새하얀 옷을,
벨트를, 화관을 벗어버립니다.

이제 하늘나라에 있는 제 모습은
남자와 여자의 구별이 없습니다.
정화된 몸에는
옷도, 동여맬 허리띠도 필요치 않습니다.

저는 고생을 모르고 살아왔습니다.

그러나 깊은 슬픔을 너무나 많이 겪었습니다.

고통으로 하여 이렇게 일찍 늙어버린 저를

영원히 다시 젊게 하여주십시오!

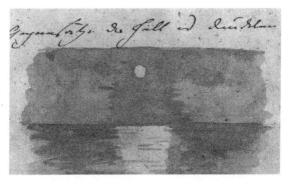

물에 비친 태양

말하라고 하지 마시라

Heiß mich nicht reden

말하라고 하지 마시라. 차라리 침묵하라 하시라.
저의 비밀은 저의 임무입니다.
가슴을 열어 모두 보여주고 싶지만
운명이 허락지 않습니다.

제때에 해가 뜨면, 어두운 밤은 쫓겨 가고,
환하게 날이 밝아옵니다.
완고한 바위도 가슴을 열고,
깊이 숨어 있는 샘도 대지를 축입니다.

남들은 모두 친구의 품에서 안식을 찾으며,
가슴속의 하소연을 늘어놓지만,
저는 맹세한 몸이라 입을 열 수 없습니다.
하느님만이 저의 입을 열게 할 수 있습니다.

문간마다 가만가만 다가가서
An die Türen will ich schleichen

문간마다 가만가만 다가가서
얌전하게 서서 기다리리라.
자비로운 손이 음식을 건네주면
다음 문간으로 옮겨가리라.
나의 모습을 보고
모두가 자신을 행복하다 여기고,
나를 위해 한 방울의 눈물을 흘리리라.
그러나 왜 우는지 나는 모른다.

필리네[*]
Philine

밤을 보내기가 적적하다고
서럽게 노래하지 마십시오.
아름다운 이들이여, 그렇지 않습니다.
밤은 즐거운 정담을 위해 있는 것입니다.

여자는 남자의
더없이 아름다운 반쪽입니다.
그렇듯이 밤은 한세상의 반쪽,
가장 아름다운 반쪽입니다.

즐거운 일에는 재를 뿌리는
낮을 여러분은 좋아하시는지요.

---

[*] 괴테의 소설 《빌헬름 마이스터의 수업시대》에 나오는 요염한 여배우 이름.

기분을 풀기에는 낮이 좋습니다만
다른 일에는 쓸모가 없습니다.

그러나 밤이 되어
반가운 등불이 희붐하게 흐르면,
입에서 입으로 농지거리와
사랑의 말을 서로 부어넣습니다.

평소에는 성급하고 변덕스러워서
뜨겁게 마구 돌아다니는 큐피드도
변변찮은 선물에 홀려서는 곧잘
가벼운 장난에 시간을 잊습니다.

서로 사랑하는 이들에게 나이팅게일이
황홀한 노래를 들려줄 때,

그것이 죄수나 슬픈 사람에게는
한숨이나 비탄의 소리로만 들릴 때,

여러분은 얼마나 가슴 두근거리며
종소리를 듣습니까.
안식과 평안을 약속하며
의젓하게 울리는 열두 번의 종소리를.

그러므로 사랑하는 이여,
낮이 지루하다면 새기십시오.
낮에는 낮에 겪는 고통이 있지만
밤에는 밤의 즐거움이 있다는 것을.

사랑하는 사람을 가까이에서
Nähe des Geliebten

빛나는 해가 바다를 비출 때
나는 너를 생각한다.
반짝이는 달빛이 샘물을 물들일 때
나는 너를 생각한다.

먼 길에 먼지가 날릴 때
나는 네가 보인다.
좁은 오솔길에서 나그네가 떨고 있는
깊은 밤중에.

파도가 일어 멀리서 음울하게 울릴 때
나는 너의 목소리를 듣는다.
만물이 침묵할 때
고요한 숲을 거닐며 나는 자주 귀를 기울인다.

나는 네 곁에 있고,
멀리 떨어졌어도 너는 내 가까이에 있다.
해가 지고, 곧 별이 반짝이리라.
아, 여기 네가 있다면.

미뇽에게
An Mignon

골짜기 위에 파랗게 흐르는 하늘을
태양의 수레가 소리 없이 건너갑니다.
아침마다 그것을 바라보면
아, 당신의 슬픔인양 나의 슬픔이
가슴속 깊숙한 곳에서
솟아납니다.

밤이 되어도 전혀 나아지지 않습니다.
꿈마저도 늘
서러운 모습으로 나타납니다.
이 아픔을 견뎌내면서, 남몰래
가슴속 깊이
그리운 모습을 그리고 있습니다.

여러 해를 두고

나는 배들이 오가는 것을 보고 있습니다.
배마다 모두 가는 곳이 있습니다만
나의 끝없는 슬픔은
가슴에 매달린 채
떠내려가지 않습니다.

오늘은 축제일이라
옷장에 두었던 나들이옷을
곱게 차려 입고 외출합니다.
그러나 누가 알겠습니까.
슬픔으로 하여 마음도 가슴도
갈기갈기 찢어져 있다는 것을.

울 때는 늘 몰래 울어야 합니다.
그러나 남들에게는 웃는 얼굴로 대합니다.

게다가 좋은 혈색으로 환하게.
이 슬픔이 가슴을 찌르는 칼날이라면
아, 오래전에
나는 이미 죽었을 것입니다.

폭풍에 일렁이는 바다

그것이 참다운 사랑이다

Das ist die wahre Liebe

모든 것이 허용되었을 때도,
모든 것이 거부당했을 때도,
언제나 변하지 않는 것,
그것이 참다운 사랑이다.

저는 왜
Warum bin ich vergänglich

"아, 제우스여, 저는 왜 덧없는 것일까요"
라고 아름다움이 물었다.
신은 대답했다.
"덧없는 것만 아름답게 했거든."

모든 계층을 통틀어서

Wer ist der edlere Mann in jedem Stande?

모든 계층을 통틀어서
한층 고결한 사람은 누구인가.
어떠한 일과 맞닥뜨려도
언제나 마음의 균형을 잃지 않는 사람.

회상
Nachgefühl

포도꽃이 다시 피면
통에서 포도주가 뜬다.
장미꽃이 다시 피면
왠지 울적해진다.

참을 수 없는 눈물이
끝없이 흐르고,
알 수 없는 그리움에
가슴이 탄다.

이런저런 생각 끝에
결국은 떠올린다.
도리스가 뜨겁게 타오른 것은
이런 아름다운 날이었다는 것을.

리나에게

An Lina

사랑하는 이여, 이 노래책이
언젠가 당신의 손에 들어간다면
피아노 앞에 앉으십시오.
지난날 내가 당신 옆에 서서 바라보던 피아노에.

먼저 재빨리 피아노를 친 다음
이 책을 보십시오.
읽어서는 안 됩니다! 언제나 노래하는 것입니다!
책장마다 당신을 위한 노래만 있습니다.

하얀 종이에 검은 글자로 된 노래가
아, 더없이 서럽게 나를 쳐다봅니다.
그러나 당신이 그것을 순엄하게 노래하면
듣는 사람 모두가 크게 감동하게 됩니다.

일찍 찾아온 봄
Frühzeitiger Frühling

기쁨의 나날이여,
벌써 찾아왔는가.
태양은
숲과 언덕을 내게 돌려주려나.

불어난 개울물이
넘실넘실 흐른다.
여기가 그때 그 초원이고,
여기가 그때 그 골짜기인가.

파릇파릇 윤이 나는 싱싱함이여!
하늘이여, 언덕이여!
황금빛 물고기가
호수에서 놀고 있다.

깃털 고운 새들이
숲에서 파닥이고,
그 소리 사이사이
구성진 노래가 들려온다.

왕성하게 싹이 트는
초록빛 덤불 속에
꿀벌이 윙윙
꿀을 빨아들인다.

공기 속에 떠도는
은은한 움직임.
상쾌한 기운,
황홀한 향기.

잠시 후 바람이
쏠쏠 일지만
이내 수풀에서
다시 스러진다.

그러나 그것은
나의 가슴으로 돌아온다.
시詩의 여신들이여, 이 행운을
표현할 수 있도록 도와주소서.

어제부터 나에게 무슨 일이 있었는지
말해보아라.
착한 자매들이여,
사랑하는 사람이 여기 왔느니라.

보르게세 별장 모티브

자기기만
Selbstbetrug

이웃집 아가씨 방의 커튼이
흐늘거리고 있다.
틀림없이, 내가 집에 있는지 알고 싶어서
이쪽을 엿보고 있는 것이다.

내가 낮에 보였던
질투의 불길이,
그리고 언제까지나 계속되었으면 싶은 질투가
가슴속 깊이 타오르고 있는지 알고 싶은 것이다.

그러나 유감스럽게도 그 예쁜 아이는
그런 생각을 전혀 하고 있지 않았다.
나는 알고 있다, 저 커튼을 흔드는 것은
저녁 바람이라는 것을.

양치기의 서러운 노래

Schäfers Klagelied

저쪽 산봉우리에
수없이 자주 멈춰 서서
지팡이에 기댄 채
나는 골짜기를 내려다본다.

풀을 뜯는 양 떼를 따라가보니
강아지가 양 떼를 지키고 있다.
나도 모르는 사이
나는 산을 내려와 있었다.

목장은 온통
아름다운 꽃들로 가득하다.
딱히 줄 사람도 없는데
나는 꽃을 꺾는다.

그리고 나무 밑에서
거센 비바람을 피한다.
저쪽 문은 모두 닫혀 있다.
모든 것이 한갓 꿈이다.

저 집 위에 아름답게 무지개가 떠 있다.
그러나 그녀는 지금 없다.
먼 나라로 가버린 것이다.

그 나라를 지나서
바다 건너 더 멀리 가버린 것이다.
가자, 양들이여, 더 앞으로!
양치기의 가슴이 심히 아프다.

그리움
Sehnsucht

무엇이 내 마음을 이토록 끌어당기나.
무엇이 나를 바깥으로 끌어내는가.
그리고 무엇이 나를 방에서, 집에서
밖으로 꾀어내는가.
저기 바위 주변에
구름이 걸려 있다!
그쪽으로 갈 수 있다면,
그쪽으로 건너갈 수 있다면!

까마귀가 떼를 지어
흔들흔들 날아간다.
나는 그 속에 섞여
새 떼를 따라간다.
그리고 산과 성벽 위를
파닥거리며 날아간다.

저 아래쪽에 그녀가 있다.

나는 그녀를 지켜본다.

저기 그녀가 거닐고 있다.

나는 노래하는 새,

무성한 숲으로

서둘러 날아간다.

멈춰 선 그녀는 귀를 기울이고,

미소를 지으며 생각한다.

'귀엽게 지저귀고 있구나,

나를 보고 노래하고 있구나.'

지는 해가 산봉우리를

황금빛으로 물들이지만

아름다운 그녀는 생각에 잠겨서

그것에는 무심하다.

그녀는 목장을 따라서
시냇가를 거닐고 있다.
길은 구불구불 구부러지고,
점점 더 어두워진다.

갑자기 나는
반짝이는 별이 되어 나타난다.
"저렇게 멀리 또 가까이서
반짝이는 것은 무엇일까."
너는 놀라워하며
반짝이는 그것을 바라본다.
나는 너의 발아래 넙죽 엎드린다.
그때 나는 너무나 행복하다!

가장 행복한 사람은 누구일까

Wer ist der glücklichste Mensch?

가장 행복한 사람은 누구일까.

다른 사람의 공로를 인정할 줄 알고,

다른 사람의 즐거움을

자신의 즐거움인양 기뻐할 수 있는 사람.

눈물 속의 위안
Trost in Tränen

"모두가 즐겁게 떠들썩한데
너는 어찌 슬프게 보이는구나.
네 눈을 보아하니
지금까지 울고 있었구나!"

내가 남몰래 울었다 해도
그것은 나만의 아픔 때문이야.
울어서 달콤한 눈물이 흐르면
내 가슴이 후련해지거든.

"즐거운 친구들이 너에게 권하고 있다.
와서 우리 품에 안겨라!
그리고 잃어버린 것이 있으면
무엇이든 거리낌 없이 털어놓아라."

신 나게 떠들썩거리는 너희가
불쌍한 나의 아픈 가슴을 어찌 알겠나.
나는 잃은 것이 하나도 없어,
가슴 한 구석은 텅 비어 있지만.

"그렇다면 당장 힘을 내게나!
혈기 왕성한 네가 아니더냐.
네 나이 또래는 힘도 있고,
소망을 이룰 용기도 있지 않느냐."

아니야, 소망을 이룰 수 없어,
어림도 없는 일이야.
그것은 저 위의 별처럼
높이 아름답게 반짝이고 있거든.

"세상에 별을 따려는 사람은 없지.
그것이 반짝이는 것을 즐길 뿐.
청명한 밤마다 하늘을 우러르면
그저 황홀하기만 하지."

나는 대낮에 자주
하늘을 우러러본단다.
밤은 울면서 지새우게 해다오.
내가 울 수 있는 한은!

소유물
Eigentum

나는 안다,

나의 소유라고 할 수 있는 것은

내 영혼으로부터 거침없이 흘러내리는 생각과

그리고

호의적인 운명이 나에게 속속들이 맛보게 해주는

모든 유익한 순간뿐이라는 것을.

베수비오 화산 폭발

이 세상에 있는 것은
Alles in der Welt

이 세상에 있는 것은
무엇이든 참아낼 수 있다.
그러나
행복한 나날이 계속되는 것만은
참을 수가 없다.

마음씨 고운 분들에게
An die Günstigen

시인은 침묵하는 것을 좋아하지 않습니다.
많은 사람에게 자신을 보이고 싶어합니다.
칭송과 비난이 따르게 마련입니다!
산문散文으로 참회하려는 사람은 하나도 없습니다.
그래서 뮤즈의 고요한 숲 속 장미꽃 그늘에서
우리는 곧잘 조용조용 마음을 털어놓습니다.

내가 갈피를 잡지 못하고, 애쓰고,
깊이 고뇌하고, 살아온 것 모두가
여기서는 꽃다발을 위한 꽃에 지나지 않습니다.
늙음도 젊음도
과오도 미덕도
시詩가 되면 제법 그럴듯하게 보입니다.

꽃 인사
Blumengruß

내가 엮은 꽃다발이 너에게
몇천 번이나 인사를 한다.
나는 꽃다발에 허리를 굽혔다.
아마도 천 번이나.
그리고 십만 번이나
가슴에 끌어안았다.

오월의 노래
Mailied

밀과 보리 사이,
산울타리와 가시울타리 사이,
수목과 풀 사이.
사랑하는 사람아, 어디 가는지
말을 해야지.

귀여운 사람은
집에 없었다.
사랑하는 사람은
밖에 있겠지.

풀은 자라고 꽃은 피고.
오월은 아름답다.
사랑스런 사람은
즐거이 나선다.

개울가의 바위 옆
풀숲에서
그녀는 첫 키스를 해주었다.
거기 지금 무엇이 보이나,
그녀일까.

찾아낸 꽃
Gefunden

고요한 숲 속을
걷고 있었다.
무얼 찾으려는 생각은
없었다.

나무 그늘에
반짝이는 별 같은,
아름다운 눈동자 같은
작은 꽃 한 송이 피어 있었다.

꺾으려 하니
나직이 말했다.
"꺾여서 죽는 것이
나의 운명인가."

뿌리째 모두
캐내어
아늑한 우리 집
정원으로 옮겨 왔다.

조용한 곳에
다시 심었더니
가지도 뻗어나고
꽃도 계속 피어난다.

만년의 시

격언
Sprüche

더없이 기꺼이 몸을 굽히는 것은
언제인가.
사랑하는 사람을 위해
봄꽃을 꺾을 때.

*

우리들의 성실한 노력은 모두
무의식의 순간에만 결실한다.
태양의 아름다움을 알고 있다면
장미가 어찌 꽃을 피우겠는가.

천생연분

Gleich und Gleich

예쁜 방울꽃 한 송이
이른 봄에
땅에서 돋아나와
활짝 피었다.
거기 작은 꿀벌 한 마리 와서
맛있게 꿀을 훔쳐 먹었다.
둘은 천생
어울리는 사이다.

이탈리아의 언덕 풍경

삼월
März

눈이 내린다.
아직도 때가 되지 않았다.
온갖 꽃이 피어나면,
온갖 꽃이 피어나면
얼마나 좋으랴.

햇빛은 속였다,
부드러운 거짓 햇살로.
제비도 자신을 속였다,
자신을 속였다,
혼자 온 것을 보면.

아무리 봄이 온들
혼자서야 어찌 즐거우랴.
그러나 우리 둘이 부부가 되면,

부부가 되면
바로 여름이 오는 것을.

예술가여, 형상하라
Bilde, Künstler!

예술가여, 형상形象하라!
말은 하지 마라.
입김 하나라도
너의 시詩가 된다면야!

가장 좋은 것
Das Beste

머리와 심장이 바쁘게 움직인다면
그보다 더 좋은 일이 또 있을까!
이제는 사랑하지도, 헤매지도 않는 자는
스스로 땅에 묻히는 게 나으리라.

세상 사는 법
Lebensregel

세상을 아름답게 살고 싶으면
지나간 일에 구애되지 말고,
쉽게 화를 내지 말 것.
언제나 지금을 즐길 것이며,
특히 남을 미워하지 말고,
앞날은 하느님께 맡길 것.

편안하게 잠자기를
Ins Sichere willst du dich betten!

편안하게 잠자기를 바란다고!

나는 내면의 다툼을 사랑한다.

왜냐하면, 우리가 의심을 하지 않는다면

확실한 것을 알게 되는 기쁨을 어디서 찾겠는가.

한밤중에
Um Mitternacht

내가 아주 어렸을 때 한밤중에
마지못해 교회의 묘지로,
목사관인 우리 집으로 걸어간 적이 있다.
하늘에는 촘촘한 별들이 예쁘게 반짝이고 있었다.
　　한밤중에.

내가 자라서 넓은 세상에 나온 후,
보고 싶어서 사랑하는 여인을 찾아갈 때면,
머리 위에는 별과 북극광이 다투고 있었다.
갈 때도, 올 때도 나는 행복을 한껏 들이마셨다.
　　한밤중에.

많은 세월이 지난 후, 둥근 보름달이
내 만년의 어두운 곳을 환하게 비추면,
지나간 일, 다가올 일이 곰곰이

하나하나 흔흔하게 떠올랐다.

한밤중에.

스핑크스가 있는 테라스 계단과 정원

우리는
Manches können wir

"우리는
이해할 수 없는 것이
한둘이 아닙니다."
한세상 살다보면
어느새 알게 되느니라.

촌스러운
Ländlich

멀리 떠나갔던 꾀꼬리,
봄이 오니 다시 돌아왔지만
새로운 노래는 배워오지 않고
흘러간 옛 노래만 부르고 있다.

이른 아침, 옅은 안개 속에서
Früh, wenn Tal, Gebirg und Garten

이른 아침, 옅은 안개 속에서
산과 골짜기와 정원이 모습을 드러낼 때,
애타는 기다림 속에
꽃받침마다 눈부시게 꽃이 피어날 때.

하늘을 건너가는 구름이
맑은 햇빛과 어우러질 때,
동풍이 불어 구름을 몰아내고
파란 하늘을 보이게 할 때,

그때, 이 아름다운 정경을 즐기면서
위대한 자연의 티 없는 가슴에 고마움을 보낸다.
이윽고 날이 기울어 태양이 새빨갛게 하늘을 물들이고,
멀리 지평선을 황금빛으로 채색하리라.

도른부르크에서 1828년 9월

가장 아름다운 날보다

War schöner als der schönste Tag

가장 아름다운 날보다 더 아름다웠다.
그러므로 그녀를 잊지 못함을
크게 허물치 마시라.
집 밖에서는 그리운 생각이 더욱 간절하다.

어느 날 정원에서
호의를 보이려고 내게 다가왔는데,
지금 그것이 새롭게 느껴지고,
내 마음은 모두 그녀에게 가 있다.

장미의 계절

Nun weiß man erst

장미의 계절이 지나간 후에. 비로소
장미 봉오리가 무엇인지 알게 된다.
줄기에 환하게 피어 있는 늦장미 한 송이.
만발한 꽃밭을 보는 듯하다.

서동 시집

너희를 위하여
Er hat euch die Gestirne

너희를 위하여 신은
뭍과 바다의 길잡이로 별자리를 만들었다.
언제든 하늘을 바라보며
너희가 마음 놓을 수 있도록.

현상
Phänomen

빗방울의 벽에
햇빛이 섞이면
곧 아치형의 띠가
다채롭게 하늘에 떠오른다.

안개 속에
같은 동그라미가 그이는 것을 본다.
그 활은 하얗지만
하늘의 활이다.

그래, 건전한 노년인 너는
슬퍼할 것 없다.
머리는 백발이라도
사랑을 할 것이다.

어느 강변의 피라미드

호흡에는
Im Atemholen sind

호흡에는 두 가지 혜택이 있다.
공기를 빨아들이고, 그것을 내쉰다.
앞의 것은 압박이고, 뒤의 것은 상쾌함이다.
인생은 이처럼 묘한 혼합물이다.
신이 너를 억누를 때, 그에게 감사하라.
그리고 신이 너를 다시 풀어줄 때도 감사하라.

참말
Geständnis

숨기기 어려운 것은 무엇인가. 그것은 불이다.

낮에는 연기가 나서 드러나고,

밤에는 엄청난 불꽃이 인다.

숨기기 더 어려운 것은 아무래도 사랑이다.

그것은 가슴속에 가만히 품고 있어도

아주 쉽게 눈에 나타난다.

가장 숨기기 어려운 것은 시詩다.

그것은 감추어둘 수가 없다.

시인이 생동감 넘치게 시를 읊을 때,

그의 가슴은 시흥으로 가득하다.

아름답고 깔끔한 시를 쓰게 되면,

시인은 그것을 온 세상이 읽어주기 바란다.

그는 모든 사람에게 기꺼이 소리 높이 그것을 읽어준다.

그것이 그들을 괴롭게 하든, 기쁘게 하든 개의치 않고.

갈등
Zwiespalt

개울가의 왼쪽에서는
큐피드*가 피리를 불고 있고,
오른쪽 들에서는
마르스**가 나팔을 불고 있다.

귀는 저쪽으로
솔깃하게 끌리는데
무르익은 그 노래가
소음에 묻힌다.

그런데 지금은 전쟁의 굉음 속에
피리 소리가 그득하다.

---

* 사랑의 신.
** 전쟁의 신.

나는 미쳐서 날뛸 것만 같다.
이것은 기이한 일일까.

점점 커지는 피리 소리,
나팔 소리.
나는 이미 미쳐서 날뛰고 있다.
이것은 놀라운 일인가.

사탕수수 한 그루가

Tut ein Schilf sich doch hervor

사탕수수 한 그루가 자라나는 것은
세상을 달게 하기 위한 것.
나의 한 자루 붓에서도
사랑의 말이여 흘러나오라.

노래와 형상
Lied und Gebilde

그리스 사람은
찰흙을 이겨 형태를 만들고,
그리고 손으로 빚은 자기 자식을 보며
아주 황홀해한다.

그러나 우리들의 기쁨은
유프라테스 강에 뛰어들어서
흐르는 원소元素 속에
이리저리 떠다니는 것이다.

이렇게 마음의 불을 끄면
노래가, 노래가 울려 퍼질 것이다.
시인의 깨끗한 손으로 물을 떠내면
물은 구슬이 된다.

황홀한 동경
Selige Sehnsucht

현인賢人 외에는 누구에게도 말하지 마라.
대중은 당장 비웃기 때문이다.
나는, 그 살아 있는 것을,
불에 타 죽고 싶어하는 것을 찬양하는 것이다.

너를 만들었고, 네가 생명을 탄생시키는,
선선한 밤의 사랑의 행위 중에
호젓한 촛불이 반짝이면
이상한 생각이 너를 엄습한다.

너는 어둠의 그늘에 싸여
계속 머물러 있을 수 없다.
갈망이 너를 새롭게
더 높은 교합으로 몰고 간다.

거리가 멀다 해서 너를 어렵게 하지는 못한다.
너는 마법에 걸린 것처럼 곧장 날아간다.
불빛에 끌리는 너,
바람둥이 나방이여, 너는 결국 불에 타 죽는다.

죽어라, 그리고 태어나라!
이것을 체득하지 못하는 한,
너는 이 어두운 땅 위의
서러운 나그네에 지나지 않으리라.

아그리젠토의 테론 묘역 전경

눈짓
Wink

그러나 내가 비난하는 것들에도 일리는 있다.
말은 쉽게 통하지 않는다는 것이
너무나 분명하기 때문이다.
말은 부채 같은 것이다.
부챗살 사이로 두 개의 고운 눈이 내다본다.
부채는 예쁜 베일에 지나지 않다.
부채는 나에게 얼굴을 가릴 수는 있지만
아가씨를 숨길 수는 없다.
왜냐하면, 그녀의 가장 아름다운 것,
눈이 나의 눈에 눈짓을 하는 것이다.

또 다른 한 쌍
Noch ein Paar

사랑은 커다란 이익이다.
이보다 더 짭짤한 수익이 있을까.
권력이나 재력은 얻지 못해도
그대는 가장 위대한 영웅과 같다.
사람들은 예언자에 대해서 이야기를 하듯이
와믹과 아스라*에 대한 이야기를 하리라.
이야기하는 것이 아니라 이름을 부르리라.
그 이름은 모두가 알고 있다.
그들이 무엇을 하고, 어떤 일을 했는지 아무도 모르지만
서로 사랑했다는 것은 알고 있다.
그것으로 족하다.
사람들이 와믹과 아스라에 대해서 알고 싶어한다면.

---

* 이 두 사람은 연인 사이인데 이름 외에는 알려진 것이 없다.

사랑의 아픔은
Eine Stelle suchte der Liebe Schmerz

사랑의 아픔은 장소 하나를 찾아냈다.
그곳은 정말 황량하고 적적했다.
사랑의 아픔은 황폐한 내 마음을 발견하고,
텅 빈 그곳에 둥지를 틀었다.

독본
Lesebuch

하고 많은 책 중에서 가장 기이한 책은
사랑의 책입니다.
나는 그것을 자세히 읽었습니다.
기쁨을 말하는 페이지는 적고,
책 전체가 괴로움이었습니다.
이별은 하나의 장을 차지하고,
재회는 단편적인 짧은 것이었습니다.
비애는 여러 권에 걸쳐
설명이 길게 이어지고,
지나쳐서 끝이 없었습니다.
아, 니자미*여, —하지만 당신은 결국
정답을 찾아냈습니다. 풀 수 없는 것,

---

* 12세기 페르시아의 연애 시인.

그것을 풀 수 있는 사람은 누구겠습니까.
다시 만나는 사랑하는 사람들입니다.

그래, 그 눈이었다
Ja, die Augen waren's

그래, 그 눈이었다. 그래, 그 입이었다.
나를 쳐다본 것은, 나에게 키스한 것은.
허리는 가늘고, 배는 포동포동,
천국의 쾌락으로 이끄는 것 같았다.
그녀는 있었던가. 지금은 어디에 있는가.
그래, 그녀였다. 그녀는 주었던 것이다.
도망치면서 몸을 맡겨
나의 생명을 온통 얽어매고 말았다.

사랑하는 사람아
Liebchen, ach! im starren Bande

사랑하는 사람아,

티 없이 맑은 하늘나라를

이리저리 경쾌하게 날아다니던 자유로운 노래는

지금 굳게 닫힌 책 속에 꽁꽁 갇혀 있다.

시간이 모두를 지워 없애도

노래만은 우뚝 남는 것.

시詩의 행行 하나도 죽지 않는다,

사랑이 언제나 영원하듯이.

헛된 위안

Schlechter Trost

네가 그리워서

한밤에 나는 울었다, 흐느껴 울었다.

그때 유령들이 나타났다.

나는 부끄러웠고, 그래서 말했다.

"유령들아,

너희는 울고 있는 나를 보았구나.

여느 때는 자고 있는 내 곁을

그냥 지나갔는데.

나의 소중한 보물이 없어졌구나.

이전에는 분별 있다던 나를

나쁘게 생각하지 않았으면 해.

커다란 불행을 당하고 있으니까."

그러자 유령들은

탐탁찮은 얼굴로

지나가버렸다.

내가 분별이 있든 없든
전혀 관심 없다는 듯이.

건초더미가 쌓여 있는 풍경

시인이 말하다
Dichter

사랑은 나를 원수처럼 대한다.
나는 지금 기꺼이 털어놓겠다.
나는 무거운 마음으로 노래하고 있다.
저 양초를 잘 보아라.
그것은 소멸하면서 빛을 밝히고 있다.

피할 수 없는
Unvermeidlich

들에서 꼼짝 말고 가만히 있으라고
누가 새들에게 명할 수 있을까.
털을 깎을 때 허우적대지 말라고
누가 양들에게 금할 수 있을까.

머리털을 곱슬곱슬 지지고 있으면
몰골이 아주 흉할까.
아니다. 내 머리를 쥐어뜯은 이발사가
흉한 몰골을 강요한 것이다.

누가 막을 수 있을까,
하늘을 향해 내가 맘대로 노래하는 것을.
그녀가 나를 어떻게 사랑해주었는지
구름에게 털어놓는 것을.

은밀한 것
Geheimes

내 애인의 곁눈질을 보고
모두들 이상하게 생각한다.
그렇지만 잘 알고 있는 나는
곁눈질이 말하는 것을 바로 알아듣는다.

내가 사랑하는 것은 이 사람이지
다른 누구도 아니라는 것이다.
착한 사람들이여, 그만두게나,
놀라거나 꺾어볼 생각을.

나의 애인은 분명
엄청난 매력으로 주변을 바라본다.
그러나 그녀는 나에게만
다음 만날 시간을 알리고 있는 거다.

태양이 대지를

Wenn der Mensch die Erde schätze

태양이 대지를 비추기 때문에
인간이 대지를 소중히 여길 때,
포도송이를 즐길 때,
포도송이가 날카로운 칼끝에 울고,
그 과즙이 잘 빚어져서
세상의 원기를 돋우어
많은 힘을 활기차게 하지만,
한편으로 더 많은 힘을 시들게 하는 것을 생각할 때—
이들 모두를 번성케 하는 것은 저 격정이라고
인간은 고마워할 줄 알게 된다.
술 취한 자가 말을 더듬으며 비틀거릴 때

다섯 가지
Fünf Dinge

다섯 가지가 다섯 모두 이루어지는 것은 아니다.
이 교훈을 귀담아 들어라.
거만한 가슴에는 우정이 싹트지 않고,
예의 없이 불손하면 천민이다.
악한 자는 크게 되지 못하고,
시기하는 자는 결점을 감싸주지 않는다.
거짓말쟁이는 결코 성실과 신용을 얻을 수 없다.
이것을 명심하면, 누구도 너에게서 앗아가지 못한다.

다른 다섯 가지
Fünf andere

무엇이 시간을 줄여주는가.

   활동이다.

무엇이 시간을 참을 수 없게 늘어뜨리나.

   게으름이다.

무엇이 빚을 지게 하는가.

   기다림과 견딤이다.

무엇이 이익을 만들어내는가.

   곰곰이 오래 생각하지 않는 것.

무엇이 명예를 가져오는가.

   자신을 지키는 것.

너는 말을 타고 대장간 옆을
Reittest du bei einem Schmied vorbei

너는 말을 타고 대장간 옆을 지나가지만
대장장이가 언제 너의 말에 편자를 박을지는 알지 못한다.
넓은 들에서 오두막을 보아도
그것이 사랑하는 여인을 지켜줄지 어떨지 너는 모른다.
번뜻하고 용감한 젊은이를 만나도
다음에 그가 너를 제압할 것인지, 네가 그를 이길 것인
지 알 수가 없다.

포도나무에 대해서는 가장 확실하게 너는 말할 수 있다.
이 나무가 앞으로 좋은 열매를 맺어줄 것이라고.
그러니까 너에게는 세상 일이 이 정도면 족하다.
그 밖의 일이야 말할 것도 없다.

나는 어디서 왔을까

Woher ich kam?

나는 어디서 왔을까. 분명치 않다.
여기까지 온 길, 그것도 가물가물하다.
지금 여기 더없이 화창한 날
고통과 쾌락이 다정히 만난다.
둘이 하나가 되면 얼마나 좋으랴.
서로 떨어지면 누가 웃고, 누가 울고 싶을까.

바닷가의 성채

한 사람, 또 한 사람이 지나간다
Es geht eins nach dem andern hin

한 사람, 또 한 사람이 지나간다.
아마 그 전에도 지나갔을 것이다.
그러니까 빠르고, 씩씩하고, 용감하게
인생의 길을 걷도록 하자.
곁눈질을 하고, 꽃을 많이 꺾으려고
걸음을 멈추기도 하리라.
하지만 네가 나쁜 짓을 했을 때보다
더 심하게 주저할 일은 없다.

부란 무엇을 뜻하는가

Was heißt denn Reichtum?

부富란 무엇을 뜻하는가—따뜻한 태양이다.
우리가 그것을 즐기듯이 거지도 즐긴다.
거지의 분방한 큰 기쁨을
부자의 누구도 언짢아 않기를.

여자를 조심스레 다루어라
Behandelt die Frauen mit Nachsicht!

여자를 조심스레 다루어라.

여자는 휜 갈빗대로 만들어졌다.

하느님은 똑바로 만들 수 없었다.

네가 펴려고 하면 부러져버리고,

가만히 두면 더욱더 굽는다.

착한 아담이여, 이런 난처한 일이 또 있을까.

여자를 조심스레 다루어라.

갈빗대가 부러지는 것은 좋은 일이 아니다.

유식한 사람 앞에 가면
Vor den Wissenden sich stellen

유식한 사람 앞에 가면
어떤 경우든 마음이 놓인다.
네가 오랫동안 괴로워할 때
무엇이 부족한지 곧 안다.
또한 칭찬을 받을 수도 있다.
네가 옳았다는 것을 그가 알기에.

눈짓을 하는 소녀의 눈매는

Lieblich ist des Mädchens Blick

눈짓을 하는 소녀의 눈매는 사랑스럽다.
술 마시기 전의 술꾼의 눈매도 보기에 좋다.
지시할 수 있었던 군주의 인사도,
너를 비추었던 가을 햇살도.
그러나 이것들 모두보다 더 기꺼이
내가 늘 보게 되는 것은,
작은 선물에 초라한 손을 예쁘게 내밀어서
네가 건네는 것을 상냥히 고맙게 받아드는 것.
이 눈매, 이 인사, 이 의미 있는 행위!
잘 살펴보아라, 너는 언제까지나 베풀게 되리라.

젤랄-에딘 루미*는 말한다

Dschelal-eddin Rumi spricht

머물러 살면 세상이 꿈처럼 도망가고,
길을 떠나면 운명이 갈 곳을 정한다.
더위도 추위도 잡아둘 수 없는 것,
피어나는 꽃은 이내 시드는 것을.

---

* 13세기 페르시아의 시인.

VI. 불만 편

활달하고 선량한 사람이

Befindet sich einer heiter und gut

활달하고 선량한 사람을 보게 되면,
이웃들은 곧 그를 괴롭히려 든다.
그 유능한 사람이 살아서 활동하는 동안
세상 사람들은 곧잘 그에게 돌을 던진다.
그러나 나중에 그가 죽으면,
그들은 당장 거액의 기부금을 모아서
고난에 찬 그의 생애를 기리기 위한
커다란 기념비를 세운다.
하지만 무엇이 자신의 이익이 되는지를
그들은 곰곰이 생각해보아야 할 것 같다.
선량한 사람을 영원히 잊어버리는 것이
오히려 더 현명한 일일 수도 있는 것이다.

하늘이 내려준 것이
Glaubst du denn

하늘이 내려준 것이 정직하게
입에서 귀로 전해진다고 믿는가.
너 어리석은 자여,
관습도 어쩌면 하나의 망상일 것이다!
이리하여 지금 비로소 비판이 시작되는 것이다.
신앙의 사슬에서 너를 구출할 수 있는 것은
네가 이미 포기한 것,
그러니까 오성悟性밖에 없다.

오늘 낮, 오늘 밤으로부터
Vom heut'gen Tag

오늘 낮, 오늘 밤으로부터

아무것도 바라지 마라.

어제 낮, 어젯밤이 가져다준 것보다 많이는.

나는 왜 시간마다

Was wird mir jede Stunde so bang?

나는 왜 시간마다 이렇게 불안한가 —

인생은 짧고, 하루는 길다.

그리고 마음은 끊임없이 그리워하고 있다.

그것이 하늘을 향한 것인지 알 수는 없다.

이리저리 갈피를 못 잡고 있다.

그리고 자기 자신으로부터 도망치고 싶어한다.

마침내 연인의 품으로 날아가서

그런 줄도 모르고 천국에서 쉰다.

삶의 소용돌이에 휘말려도

마음은 언제나 한 곳에 있다.

무엇을 원하고, 무엇을 잃더라도

마음은 필경 자신을 벗어날 수 없는 어리석은 자다.

좋은 평판은
Guten Ruf must du dir machen

좋은 평판은 반드시 얻어야 하고,
세상일은 잘 식별하지 않으면 안 된다.
그 이상을 바라는 자는 망하게 된다.

팜필리 궁전에서 바라본 로마의 베드로 광장 전경

주여, 이 작은 집이면

Herr, laß dir gefallen

주여, 이 작은 집이면
족하다고 하십시오.
더 큰 것을 짓더라도
나은 것이 나오는 것은 아닙니다.

너는 언제까지나

Du bist auf immer geborgen

너는 언제까지나 안전하다.

근심이 없는 두 친구를,

술잔과 예쁜 시집을

너에게서 앗아갈 사람은 아무도 없다.

왜 이렇게 많은 사람이

Wisse, daß mir sehr mißfällt

왜 이렇게 많은 사람이 노래하고 지껄이고 하는지
나는 딱 질색이다.
누가 세상에서 시詩를 몰아내는가,
바로 시인 자신이다.

혼자 앉아 있기에
Sitz' ich allein

혼자 앉아 있기에
여기보다 더 좋은 곳이 또 있을까.
나의 술을
홀로 마신다.
나를 얽매는 사람은 아무도 없다.
그래서 나는 나의 생각에 잠긴다.

술에 취해 있지 않을 때는

Solang man nüchtern ist

술에 취해 있지 않을 때는
하찮은 것이 좋게 보이고,
술에 취하면
바른 것을 알게 된다.
다만 과음하게 되는 것이
걸릴 뿐이다.
하피스*여, 이것을 어떻게 받아들였는지
가르쳐다오!

술에 취할 수 없으면
사랑을 해서는 안 된다는
나의 생각은
과장이 아니다.

---

* 14세기 페르시아의 대시인. 원래의 이름은 모하메트 세딘이다.

그러나 술꾼들이여,
너희가 낫다고는 여기지 마라.
사랑을 할 수 없으면
술에 취해서도 안 되는 것이다.

누구나 술을
Trunken müssen wir alle sein!

누구나 술을 마셔야 한다!
젊을 때는 술 없이도 취하고,
늙은이는 술로 다시 젊어진다.
이것은 기적 같은 효능이다.
인간의 삶은 근심을 다독이고,
포도 덩굴은 근심을 없앤다.

루비같이 아름다운 당신의 입술로

Laß deinen süßen Rubinenmund

루비같이 아름다운 당신의 입술로
집요하다고 나를 나무라지 마십시오.
상사병에 무슨 까닭이 있겠습니까,
그것이 치유되는 것 말고는.

꿈에 달을 보았으면 하고

Ich dachte in der Nacht

꿈에 달을 보았으면 하고
밤에 생각했다.
그런데 잠을 깨니
엉뚱하게도 해가 떠 있었다.

줄라이카*가 유수프에게 홀린 것은
Daß Suleika von Jussuf entzückt war

줄라이카가 유수프에게 홀린 것은

시늉이 아닙니다.

그는 젊었고, 젊음은 총애를 받습니다.

그는 황홀해질 만큼 아름다웠다고 사람들은 말하고 있

습니다.

그녀도 아름다웠습니다. 그들은 서로를 행복하게 할 수

있었습니다.

그러나 오랫동안 나를 기다리게 했던 당신은

불꽃같은 뜨거운 눈짓을 나에게 보내고,

지금은 나를 사랑해주고, 이어서 나를 행복하게 해줍니다.

그것을 나의 노래가 찬양하게 되겠습니다.

당신을 영원히 줄라이카라고 부르게 해주십시오.

---

* 괴테 만년의 애인 마리아네 폰 빌레머의 애칭. '줄라이카'는 12세기 페르시아의
  시인 자미의 서사시에 나오는 여주인공의 이름에서 유래한다.

만과 성채가 어우러진 풍경 구상

줄라이카
Suleika

당신을 절대로 잃고 싶지 않습니다!
사랑은 사랑에 힘을 실어줍니다.
저의 젊음을
당신의 뜨거운 정열로 장식해주십시오.

남들이 저의 시인을 찬양할 때,
아, 제 마음은 더없이 우쭐해집니다.
산다는 것은 사랑이고,
산다는 것의 생명은 정신이기 때문입니다.

은행나무 잎
Ginkgo Biloba

멀리 동양으로부터
나의 정원으로 옮겨 심은 이 나무의 잎은
유식한 사람을 기쁘게 하는
깊은 의미가 있는 것 같습니다.

그것은 하나로 자라난 잎이
저절로 둘로 나뉜 것일까요?
두 개의 잎이 서로서로 상대를 찾아내어
하나가 된 것일까요?

이런 생각을 하다가
이 잎의 진짜 의미를 안 듯했습니다.
당신은 나의 노래를 들을 때마다 느끼지 않습니까?
내가 하나의 잎이면서 두 개의 잎이라는 것을.

사랑을 거듭하고
Lieb' um Liebe

사랑을 거듭하고, 시간이 쌓이고,
말을 되풀이하고, 눈짓을 계속하고,
연거푸 진한 키스를 하고,
숨을 거푸 쉬고, 차곡차곡 행복을 쌓고,
이렇게 저녁이 가고, 아침이 갑니다!
그러나 당신은 나의 노래에서
감추어진 불안감을 여전히 느낍니다.
유수프의 매력을 빌리고 싶습니다.
당신의 아름다움에 어울릴 수 있도록.

관능이 왜 이렇게 많습니까

O, daß der Sinnen doch

관능이 왜 이렇게 많습니까!
그것들이 행복을 흩뜨립니다.
당신의 얼굴을 쳐다볼 때, 나는 벙어리가 되고 싶고,
당신의 말을 들을 때는 소경이 되고 싶습니다.

멀리 떨어져 있어도
Auch in der Ferne dir so nah!

멀리 떨어져 있어도 당신 가까이에 있습니다!
그래서 갑자기 괴로워집니다.
지금 당신의 노래를 다시 듣게 되니,
당신은 이미 여기 있습니다.

사랑하는 이여
An vollen Büschelzweigen

사랑하는 이여,
저기 무성하게 우거진 나뭇가지를 보십시오!
가시가 많은,
푸른 껍질의 열매가 보일 것입니다.

열매는 벌써 둥글어서 매달려 있습니다.
흔들흔들 너울거리는 가지 하나가, 조용히
열매의 무게를 견뎌내며 흔들리고 있습니다.
가지 자신은 그것을 모르고 있습니다.

그렇지만 열매는 속으로부터 익으면서
갈색 씨가 부풉니다.
그리고 그것은 공기를 쐬고 싶어하고,
무척이나 해를 보고 싶어합니다.

껍질이 터지고, 씨가 튕겨 나와서
기쁜 듯이 아래로 떨어집니다.
나의 노래도 이처럼 떨어집니다.
당신의 무릎에 쌓이면서.

당신의 눈에

Deinem Blick mich zu bequemen

당신의 눈에, 당신의 입술에,
당신의 가슴에 나를 내맡기고
당신의 고운 목소리를 듣는 것,
그것이 처음이요 마지막 기쁨이었습니다.

어제, 사랑하는 그녀는 떠났습니다.
그리고 나의 빛도 불도 꺼졌습니다.
나를 기쁘게 하던 농弄이 모두
지금은 무거운 빚더미가 되어 힘에 부칩니다.

알라께서 우리를 다시 한 번
맺어주실 뜻이 있기 전에는
해도, 달도, 세상도
나에게 울 계제밖에 주지 않습니다.

여운
Nachklang

시인이 자신을 태양이나 황제에 비할 때,
참으로 그럴듯하게 보입니다.
그렇지만 어두운 밤에 홀로 거닐 때,
그는 슬픈 얼굴을 남에게 보이지 않습니다.

길게 뻗어 있는 구름에 가린
하늘의 맑은 푸름은 어둠에 싸이고 말았습니다.
나의 두 볼은 창백하게 야위고,
가슴에서 흘러내리는 눈물은 잿빛입니다.

나를 어둠과 고통으로 내몰지 마십시오.
사랑하는 이여, 나의 달의 얼굴이여,
아 나의 샛별이여, 나의 등불이여,
나의 태양이여, 나의 빛이여!

세계는 어디를 보아도
Die Welt durchaus ist

세계는 어디를 보아도 아름답다.

그러나 시인의 세계는 특히 아름답다.

가지각색의, 밝거나 혹은 은회색의 들판에

낮에도 밤에도 빛이 번쩍이고 있다.

오늘은 모든 것이 근사하게 보인다. 언제까지나 이랬으면!

나는 오늘 사랑의 안경 너머로 바라보고 있는 것이다.

로마의 포폴로 문 전면의 토르토 벽

줄라이카에게
An Suleika

좋은 향기로 너의 사랑을 얻기 위하여,
그리고 너를 더욱 기쁘게 하기 위하여
맨 먼저, 망울 맺힌 수천 송이 장미꽃이
한더위 속에서 스러져야 한다.

향기를 영원히 유지하기 위하여
너의 손가락 끝만큼 가느다란
작은 병 하나를 채우는 데도
하나의 세계가 필요하다.

싱싱한 생명의 새싹들이 돋아나는 세계가,
억누를 수 없는 갈망 속에
이미 예감하고 있던 꾀꼬리의 사랑이,
영혼을 뒤흔드는 노래가.

우리들의 기쁨을 더하기 위해서는
그런 고통이 반드시 우리를 괴롭혀야 하는가.
티무르의 지배는 이미
수많은 영혼을 아주 지치게 하지 않았던가.

꾀꼬리의 밤 노래는
Bulbuls Nachtlied durch die Schauer

꾀꼬리의 밤 노래는 두려움 속을 뚫고
알라신의 빛나는 옥좌에 닿았다.
쾌적한 노래의 보답으로 신은
꾀꼬리를 황금 새장에 가두었다.
이 새장은 사람의 팔다리인 것이다.
행동이 제한된다는 것을 알지만
냉정하게 깊이 생각해본 후,
이 작은 영혼은 반복해서 노래를 부르고 있다.

조가비에서 빠져나온 진주

Die Perle, die der Muschel entrann

조가비에서 빠져나온 진주가,
아름답고, 고귀한 태생의 진주가
착한 보석상 남자에게 말했다.
"나는 이제 글렀습니다.
당신은 내 몸에 구멍을 뚫을 것이고,
그러면 나의 아름다운 것 모두가 당장 파괴됩니다.
다른 자매들과 때로는 천한 것들과
하나로 엮이지 않으면 안 됩니다."

"나는 지금 이익밖에 생각하지 않는다.
이것을 너그럽게 이해해다오.
내가 여기서 잔인하지 않으면
어찌 진주 목걸이나 팔찌가 생기겠는가."
절제하는 자는 노래하며 기뻐한다.

편히 쉬어라!

Gute Nacht!

자, 사랑하는 노래들이여,

이제 내 백성들의 품에 몸을 눕혀라!

그리고 사향 구름 속에서

천사 가브리엘이여,

이 지친 자의 팔다리를 쾌히 보살펴주시라.

그가 싱싱하게, 그리고 잘 유지되어,

여느 때처럼 쾌활하게, 스스럼없이 사람을 사귀고,

바위의 갈라진 틈을 빠개어

천국의 끝없이 먼 곳에 이르기까지

모든 시대의 영웅들과 함께

걸어서 가로지르는 즐거움을 누릴 수 있도록.

그때는 아름다운 것이, 늘 새로운 것이

언제까지나 사방팔방으로 퍼져나가서

수없이 많은 사람을 기쁘게 하리라.

더구나 충직한 그 강아지 또한
그들을 따라갈 수 있게 되리라.

괴테의 시

젊은 날의 시

희곡과 소설의 즐비한 명작들로 절대적인 명성을 얻은 괴테지만, 그의 문학적 특성은 아무래도 서정시에 있다. 괴테는 스스로도 자신이 시인이라는 데에 긍지를 느끼고 있었다.

법률을 공부하기 위하여 괴테는 열여섯 살 때인 1765년 9월에 고향 프랑크푸르트를 떠나 라이프치히대학에 입학한다. 일찍부터 시를 썼던 괴테는, 로코코풍의 영향을 받아서 섬세한 모양새를 중시하던 당시 시단의 풍조에 영합한 작품을 주로 썼고, 특히 세 살 연상인 카타리네 셴코프에 대한 뜨거운 사랑과 기쁨 그리고 슬픔을 감미롭게 노래한 시를 많이 썼는데, 나중에 대부분을 폐기하고 말았다. 너무 치졸해서 부끄러웠던 것 같다.

괴테는 법률 공부를 계속하기 위해서 1770년 봄에 슈트라스부르크로 간다. 다음 해 여름 변호사 자격을 획득하고서 고향으로 돌아갈 때까지의 이 슈트라스부르크 시절에 괴테는, 제젠하임의 목사의 딸인 프리데리케 브리온과 진정한 연애 체험을 하게 되었고, 평론가인 요한 고트프리트 폰 헤르더(1744~1803)를 알게 되어, 그에게서 엄청난 영향을 받게 된다. 헤르더는, 내면에서 우러나오는 것을 자기 자신의 말로 표현해야 한다고 했는데, 이것은 당시 독일 문단을 휩쓸고 있던, 독일 문학의 독자성 확립을 내세우는 젊은 문인들의 운동인 '슈투름 운트 드랑(질풍노도)'의 지표이기도 했다.

슈트라스부르크 시절에 괴테는 〈봄의 축제〉와 같은 절창을 남겼는데, 이것은 그때까지 볼 수 없었던 완전히 새로운 서정시의 탄생이었다. 그 싱싱한 생명의 약동은 무엇에도 비할 수 없는 젊음 그것이었다. 그리고 〈들장미〉를 비롯해서 많은 민요풍의 시도 남겼다.

1771년 여름에 고향 프랑크푸르트로 돌아온 괴테는 변호사를 개업하는 한편 세계적인 명성을 얻게 되는 소설 《젊은 베르테르의 슬픔》을 쓰는 등, 왕성하게 창작 활동을 계속했다. 그러다가 1775년 말에 바이마르로 떠나게 되는데, 이 마지막 프랑크푸르트 시절에 그의 서정시의 원천이 된 것은 릴리 셰네만과의 사랑이었다. 〈호수 위에서〉, 〈새로운 사랑, 새로운 삶〉, 〈벨린데에게〉, 〈릴리에게〉 등이 그것이다. 그리고 〈오랑캐꽃〉과 같은 발라드는 모차르트가 작곡해서 특히 유명한데, 이 장르에서는 만년에 이르기까지 많은 걸작을 남겼다.

초기 바이마르 시절의 시

인구 10만 명의 작은 나라 바이마르 공국公國의 군주 칼 아우구스트 대공大公(1757~1828)의 초청으로 스물여섯 살의 청년 괴테는 1775년 11월 7일 바이마르를 방문한다. 그런데 대공의 간청으로 정부의 요직을 맞게 되면서 괴테는 세상을 떠날 때(1832년 3월 22일)까지 바이마르에 눌러앉게 된다.

60년 가까운 이 바이마르 시절 초기에 그의 시뿐만 아니라 삶의 길라잡이 역할을 한 것은 샤를로테 폰 슈타인 부인이다. 일곱 살 연상인 그녀와의 사랑을 뜨겁게 노래한 서정적인 〈쉴 사이 없는 사랑〉이나 〈달에게〉는 그때까지의 작품과는 달리 표현이 섬세해지고, 동시에 깊이가 생기고 있다. 한편 〈물 위의 영혼의 노래〉, 〈신성〉과 같은 사상적으로 숭고한

프랑크푸르트 괴테 하우스의 전경

작품도 쓰고 있다.

　그리고 이 시기의 〈외롭게 사는 사람은〉, 〈눈물과 함께 빵을〉, 〈그리움을 아는 사람만이〉, 〈그대는 아는가〉 등은 그의 대표적인 장편소설 《빌헬름 마이스터》에 삽입된, 의미 깊은 절창들이다.

이탈리아 여행 이후의 시

　서른일곱 살의 가을에 괴테는 장기 휴가를 받아서 이탈리아 여행을 떠나는데, 그곳의 눈부신 햇빛 아래 근 2년 가까이 (1786년 9월~1788년 6월) 체재했다. 괴테의 이탈리아 여행은, 생활의 자유를 위협하는 번잡한 장치적인 업무로부터, 그리고 매너리즘에 빠진 창작 자세로부터 벗어나기 위하여 탈출을 시도한 것이기도 했다.

　괴테는 그 생애에, 어려운 상황에 빠질 때마다 그것을 타개하려는 탈출을 시도하고 있는데, 이탈리아 여행은 "내가 로마의 땅을 밟은 그날이 나의 제2의 탄생, 나의 참다운 재생의 날이었다"고 스스로 말하고 있듯이 중대한 의의를 가지고 있다.

　베로나—파두아—베네치아—볼로냐—피렌체—로마—나폴리 등에 체재하면서 괴테는 이탈리아의 건축, 회화, 조

괴테의 서재

각 등 고대 조형예술에서 커다란 감명을 받게 되었고, 그것
은 그의 고전주의적 세계를 형성하는 데에 크게 기여하게 된
다. 또 시의 스타일도 다양해지는데, 귀국 후에 쓴, 스케일
이 큰 〈로마의 비가〉 20편도 그중의 하나이다. 반면에 〈찾아
낸 꽃〉과 같이 목가적인 예쁜 서정시도 보인다. 그리고 실러
(1759~1805)와 경쟁적으로 썼던 발라드에도 다수의 명작을
남기고 있다.

만년의 시와 《서동 시집》

나이가 60대 중반을 지나면서 괴테는 독일 문단의 주류를
이루고 있는 시대적 흐름 같은 것에는 전혀 관심을 보이지 않
고, 편안한 마음으로 유유자적하며 자신의 지혜를 담은 격언
풍의, 그리고 경구풍의 짤막한 시를 많이 쓰고 있는데, 그것
에 걸맞게 말을 극도로 아끼고 있다. 한편으로는 삶을 따뜻
하게 감싸주는 〈한밤중에〉, 〈이른 아침, 옅은 안개 속에서〉
와 같은 긍정적인 훈훈한 명작도 절제된 표현으로 남기고
있다.

'서방 시인이 쓴 동방의 시'라는 부제목과 함께 1819년에
출판된 《서동 시집》은 괴테가 14세기 페르시아의 대시인 하

피스를 알게 된 것이 계기가 되어 쓴 시집이다. 내용이 풍부하고, 표현이 다양한 의미 깊은 작품이지만 대중성이 희박해서 그런지 이상하게도 많이 알려져 있지 않은 편이다.

작품의 대부분을 쓴 것은 괴테의 나이 예순다섯, 여섯 살 때인 1814~1815년이고, 1816년 2월에는 이 시집의 출판을 예고하는 아래와 같은 글을 신문에 발표하고 있다. "시인은 자신을 한 사람의 나그네로 비유하고 있다. 그는 어느새 동양에 도착한다. 이 지방의 풍습, 습관, 사상, 종교상의 정서 및 견해에 기쁨을 느낀다. 뿐만 아니라 자신이 이슬람교도가 아닐까라는 의심마저 지울 수 없다." 이 말은 《서동 시집》의 성격을 잘 암시하고 있는 것이라 할 수 있다.

이 시집은 시인, 하피스, 사랑, 파르시교도, 관찰, 불만, 격언, 작인, 줄라이카, 티무르, 비유, 천국 등의 열두 편으로 되어 있는데, 이 중에서 특히 주요한 주제는 '시'와 '사랑'이다. 따라서 '시인 편', '사랑 편', '줄라이카 편'이 아무래도 무게를 가지게 되며, 또 대중성 있는 소재 때문에 비교적 접근하기도 쉽다.

사실 이 시집의 내용은 아주 복잡하다. 이념, 사상, 형식, 소재는 일관성이 없고, 시집 전체가 무엇을 표현하고 있는지 간

괴테가 잠든 바이마르 공동묘지

단히 지적할 수가 없다. 다만 원숙해진 괴테의 내면적 체험에서 오는 인간관, 범신론에 의거한 종교관, 자연 탐구에 의한 우주관 등이 동방 시인의 표현을 빌어서 의미 깊게 전개되고 있다.

괴테의 시를 편의상 다음과 같은 네 개의 시기로 분류하였다. 작품의 질이나 경향으로 보아서 이렇게 하는 것이 가장 온당하다고 생각되었기 때문이다.

- 젊은 날의 시(1765~1775) : 라이프치히, 프랑크푸르트, 슈트라스부르크, 프랑크푸르트, 베츨라르
- 초기 바이마르 시절의 시(1775~1786) : 바이마르
- 이탈리아 여행 이후의 시(1788~1813) : 바이마르
- 만년의 시(1814~1832) : 하이델베르크, 바이마르

참고로 1927년에, 권위 있는 '레클람 문고'를 위하여《괴테

시집》을 편찬한 슈테판 츠바이크는 괴테의 시를 다음과 같은 세 개의 시기로 분류하여 수록하고 있다.

- 1770~1786 : 슈트라스부르크, 프랑크푸르트, 베츨라르, 바이마르
- 1787~1810 : 이탈리아 여행, 바이마르
- 1810~1823 : 뵈멘 여행, 바이마르, 라인 강변, 도른부르크, 바이마르

여기서 흥미로운 것은 1770년 이전의 시는 완전히 배제하고 있다는 점이다. 아무리 대시인의 작품이라 할지라도 문학을 평가하는 엄격한 잣대는 적당히 가감할 수 없다는 것을 보여주는 하나의 식견이라 하겠다.

《서동 시집》은 열둘이나 되는 각 편에서 골고루 번역했는데, 차례와 번역한 시들 앞에 시인 편, 사랑 편 이런 식으로 출처를 밝혀두었다. 혹시 있을지도 모를 독자의 궁금증을 미리 풀어드리기 위한 것이다.

괴테의 시를 처음 대한 것은 중학교 2학년 때였다. 당시 김소월의 〈가는 길〉, 〈진달래꽃〉에 심취해 있던 문학 소년에게

는 좀 서름한 것이었는데, 근 70년이 지나서 그의 시집을 우리말로 옮겼으니 감개가 무량하다.

하이네, 릴케, 헤세 등의 시집은 지난날에 이미 번역했지만, 괴테를 빠뜨리고 온 것이 늘 마음에 걸렸다. 그러나 이번에 나이 여든이 넘어서 묵은 숙제를 해결했으니 가슴이 후련하기 그지없다.

2015년 11월

송 영 택

1749년   8월 28일 프랑크푸르트 출생.

1765년   라이프치히대학 입학. 첫 희곡《연인의 변덕》발표.

1768년   폐결핵으로 학업 중단.

1770년   슈트라스부르크대학에서 수학.

1771년   법학박사 학위 받음. 프랑크푸르트에서 변호사 개업.

1772년   베츨라 고등법원에서 법관시보로 일하다 약혼자가
          있던 샤를로테 부프를 알게 됨. 훗날《젊은 베르테르
          의 슬픔》의 모티브가 됨.

1773년   《초고 파우스트》발표.

1774년   《젊은 베르테르의 슬픔》발표.

1776년   바이마르공화국의 비밀공사관 참사관으로 임명됨.

1779년   《타우리스 섬의 이피게니에》발표.

1782년   황제 요셉 2세에게서 귀족 칭호를 받음.

1783년   〈신성〉발표.

1786년   이탈리아 여행길에 오름.

1788년   바이마르로 돌아옴. 〈로마의 비가〉 발표.

1796년   《빌헬름 마이스터의 수업시대》완성.《헤르만과 도
         로테아》발표.

1806년   《파우스트》1부 완성.

1809년   《친화력》발표.

1810년   《색채론》완성.

1816년   《이탈리아 여행기》1부·2부 발표.

1819년   《서동 시집》완성.

1823년   훗날《만년의 괴테와의 대화》를 집필한 에커만이 괴
         테의 비서가 됨.

1829년   《파우스트》초연.《빌헬름 마이스터의 편력시대》완
         성.《이탈리아 여행기, 제2차 로마 체류》발표.

1830년   《시와 진실》4부 발표.《괴테 작품집, 최종 완성판》
         출간.

1831년   《파우스트》2부 완성.

1832년   3월 22일 영면.

| 작품 출처 |

번역에 사용한 텍스트는 다음과 같습니다.

1. Goethe, *Gedichte : eine Auswahl,* herausgegeben und mit einer Einleitung versehen von Stefan Zweig, Stutttgart : Reclam-Verlag, 1958.

2. Goethe, *Gedichte,* Auswahl und Einleitung von Kurt Waselowsky, München : Wilhelm Goldmann, 1964.

3. Goethe, *Gedichte,* herausgegeben und kommentiert von Erich Trunz, München : Verlag C. H. Beck, 1982.

옮긴이 **송영택**

서울대학교 문리과대학 독문과를 졸업하고 서울대학교 강사로 재직했으며, 시인으로 활동하면서 한국문인협회 사무국장과 이사를 역임했다.
저서로는 시집《너와 나의 목숨을 위하여》가 있고, 번역서로는 괴테《젊은 베르테르의 슬픔》, 릴케《젊은 시인에게 보내는 편지》,《말테의 수기》,《어느 시인의 고백》,《릴케 시집》,《릴케 후기 시집》,《사랑하는 하느님 이야기》, 헤세《데미안》,《수레바퀴 아래서》,《헤르만 헤세 시집》, 힐티《잠 못 이루는 밤을 위하여》, 레마르크《개선문》등이 있다.

괴테 시집

1판 1쇄 발행 2015년 11월 30일
1판 6쇄 발행 2022년 10월 10일

시·그림 요한 볼프강 폰 괴테 | 옮긴이 송영택
펴낸곳 (주)문예출판사 | 펴낸이 전준배
출판등록 2004. 02. 12. 제 2013-000360호 (1966. 12. 2. 제 1-134호)
주소 03992 서울시 마포구 월드컵북로 6길 30
전화 393-5681 | 팩스 393-5685
홈페이지 www.moonye.com | 블로그 blog.naver.com/imoonye
페이스북 www.facebook.com/moonyepublishing | 이메일 info@moonye.com

ISBN 978-89-310-0975-0 03850

• 잘못 만든 책은 구입하신 서점에서 바꿔드립니다.

☉문예출판사® 상표등록 제 40-0833187호, 제 41-0200044호